新 潮 文 庫

すばらしい暗闇世界

椎 名　誠 著

新 潮 社 版

11687

目次

すばらしい暗闇世界

なぜ「好き」で「嫌い」なのだろうか

子供は押し入れが好きだ。だけど嫌いでもある。正確には「怖い」という感覚だろうか。でも考えてみると何にしても「好き」と「怖い」は隣あわせになっているような気がする。

子供の頃、ぼくは自宅の屋根裏をよくタンケンした。押し入れの上の段にあがって何の気なしに天井板をおしあげたら天井板の二枚分がフワッと上にあがってしまった。最初ぼくは大工さんがその二枚だけ上からクギでとめるのを忘れてしまったのだろう、と思ったが、そうではなくて、いつどんな必要があって天井裏にあがらなくてはならない用が生まれるかわからない。そのための出入口だったらしい。やや秘密の出入口である(でもあとで知ったが当時の木造住宅はみんなそういうつくりになっていたらしい)。

最初にその浮いた二枚板を発見したぼくは布団を積み込んで足がかりをつくり、天井裏にあがってみた。十年ぐらい住んでいた家だったが、そこははじめて見る空間であり、未知の世界でもあった。

何本ものむきだしになった太い柱や細い木が組みあわさり、子供心にもいかにも危険そうな電線が何本もむきだしではりめぐらされている。電線に触れないように、そうして天井板の上にじかに足を乗せないように梁と細い木をつたわっておっかなびっくりそれなりに未知の魅惑の世界をタンケンした。

ところどころにけっこういろんな隙間があり、外からの光が差し込んでいるのも意外で不思議な光景だった。だから押し入れよりははるかに明るく、閉塞感というものはなかった。

襖を閉めれば狭くて真っ暗な押し入れからほんの少し先が、思いがけない別世界の入り口になっている、という素晴らしい発見だった。

人知れず閉ざされた暗闇の魅力、というものをこのとき初めて知ったような気がした。けれど、暗闇のスケールがもっと大きくなっていくと話は別だ。たとえば、ぼくの子供の頃は、まだ町のあちこちに沢山の戦争の頃の名残りがあり、その代表的なのは防空壕だった。小さな山の横腹に穴をあけたような簡易防空壕がそのまま残っていた。学校の先生は「そういうところに入ってはいけません」と異口同音に言った。そう言われれば子供はどんどん入っていく。

なにがあるかわからないし、まだ子供らが懐中電灯などを自由に使えない頃だったから、家の台所からひそかに持ち出してきたマッチと仏壇の引き出しから持ち出してきたローソクが唯一の「あかり」だ。先頭の奴がこれをもって数人でおっかなびっくり中に入っていく。もうこうなると立派なタンケン隊だった。そんなふうにして入れる防空壕は町に四カ所ほどあったが、どれも奥行き三〜四メートルで、中にはいろんなゴミや古着などがころがっていたのを覚えているから、当時のホームレスがいっとき住んでいた可能性がある。もちろんその頃にはホームレスなどという言葉はなく、ルンペンが普通だった。ルンペンには語源があるのだろうが、こういうときすぐに差別語、などと編集や校正のヒトは言わないでほしい。

防空壕にはムカデやヤスデなどのキモチワルイ生き物も沢山いたから、あまり長居できなかった。そうして数年たつうちにいつのまにか気がついたときには全ての防空壕の入り口は丸太やバラ線によって塞がれたり、中が埋められていたりした。

しかし基本的に洞窟は怖い。ぼくは三十代のおわり頃から四十代のはじめ頃まで世界のいろんなところで無鉄砲な挑戦をしていた時期があるが、一番怖い思いをしたのはスクーバーダイビングで洞窟に挑んだときだった。場所はグレートバリアリーフ。

世界最大の珊瑚礁で二〇〇〇キロの長さにわたってオーストラリアの東側を大陸に添って延びている。たしかに大陸を守るグレートバリアという名称なのもよくわかった。一カ月のダイビング航海だったが毎日朝から夜まで潜りいろんな体験をしていたので、とりあえず技術はまあまあになっていたが、自分がかなりの閉所恐怖症である、ということにこのときはじめて気がついたのである。

ほかのヒトがすいすい水中洞窟を潜って泳いでいくときに、ぼくは途中でいきなりその「閉所」のこころもとなさに気づいてしまった。これは体力よりも精神がやられる。わけのわからない恐怖で精神が破壊されつつあるのを知り、自分だけ元の船に戻りたくなって方向転換しようとしたときに背中につけた圧縮空気ボンベがどこかの岩かどにひっかかってしまった。あとでお説教とともにつくづくそのコトの無知の怖さを理解したが、狭い洞窟で方向転換するのは自殺行為に等しいのだ。いらぬところにいろいろ触れるから砂がまいあがる。それによってヘッドランプの乏しい光源の視界が妨げられる。二重の閉所感覚に苛《さいな》まれることになるのだ。空気ボンベの何かがひっかかっているのだがその何かがわからない。チームの一番最後になっていたのであとからやってくるヒトがひっかかっているところを見つけてはずしてくれることはない。ぼくはパニックに近い状態になり、やがて過呼吸に陥った。過呼吸とはものすごい速さで空気を吸い、吐くことだ。あっという間に完全なパニックとなった。過呼吸が苦しくて全体の安全判断を失い、レギュレーター（空気を吸うホース）を外して海水を吸おうとする。当然その直後に溺れ死ぬ。水中で単独事故をおこす典型的な窮地に陥ってしまったのだ。

幸い、そのときはあまりにもぼくがやってくるのが遅いのでオーストラリア人のインストラクターが戻ってきてぼくをケアしてくれた。ダイビングボートに戻ったぼくは全身がヨレヨレになっていて、激しい頭痛に襲われた。それから閉所恐怖症を本格的に発症してしまったのだった。

それ以来、少しは用心深くなって、ダイビングはオープンウォーターでないとやらないようになった。いや「やれない」ようになってしまった。

ひところ無人島に興味をもち、十年ぐらい、外国もふくめていろんな無人島に行っていた。でも、どうして無人島がそんなに好きになっていたのか実のところ自分でもわからない。よく考えると、これも押し入れと同じで、面白そうで実は怖いのだ。

面白いのは、自分らのほかに誰もヒトはいないのだから気分としては「おれたちのもの」という幼稚ながらも王国意識がある。

そこではやろうと思えばなんでもできる。小さな小さな周囲一〇キロぐらいの無人島でキャンプしたときは試しに歩いてひとまわりした。途中磯と洞穴があってそこに波がうちつけている。それを回避するために泳いで大きく迂回したら、島から離れていく強い潮流があった。島のまわりはけっこう複雑な潮流があり、時間ごとに流れを変えてとりまいている、ということをそのときはじめて知った。

思えばぼくは何もかも無鉄砲のバカ者だった。そういう潮流によって沖に流されたらあんがい簡単に「おしまい」なのだから必死に泳いで再び島にたどりついた。これも怖かったが、助かってみると「どうってことないぜ」などと大きなタイドになる。

その島は瀬戸内海にあって愛媛県と広島県の街の灯が見えた。

でも別の、もっと外海にある無人島に行ったときは夜になっても陸の灯は見えず、やがて天候が悪化して、闇夜になった。真の闇というのはなかなか体験できないものだ。このときはなんだか理由もなく怖かった。

背後に小さな山が続いているのだがそこを見るのが怖かった。ぼくよりも前に住んでいるナニモノカ（人間ではないものも含めて）がその漆黒の空間から現れるような気がした。思えばあれだけの広大な、しかし心理的にはもの凄く小さな押し入れのように閉鎖された闇の中にいたのははじめての体験だった。

空の雲がきれて星空でも現れたら、その閉塞感は一気に解消したのだろう、と今になると思うのだがそのときは逆に雨が降りだしてきた。僅かな焚き火のあかりも文字通り風前の灯し火状態となり、古代の人も、こういう濃厚な闇の中を何日も過ごしてきたのだろう、ということに思いいたった。

人間が闇を怖がる遺伝子はこういう遠いむかしの体感の積み重ねによって形成されてきたのかもしれない、ということもいくらか実感した。ぼくが大人になった今でも狭くて暗いところが「好きで嫌い」な根源を突き詰めていくとそんなところに到達したのだった。

この本には「好きで嫌いなもの、あるいは怖いもの」という漠然としたテーマで書いていったものが少なからずあるが、もうひとつその典型は「ヘビ」である。世の中にはヘビが好きだ、という人がけっこういる。「怖くない」ということでもあるらしいが、大きなヘビを嬉しそうに首にまいたりペットにしていたりする人がけっこういる。家に五十匹ぐらいのヘビを飼っていて、それを巡回して見せていくことを趣味と仕事にしていた人をよく知っている。ぼくがサラリーマンの頃に勤めていた会社の専務で、詩と酒と女を愛していた。いや当然ヘビも第一番に。

ぼくがその会社（チビ会社）に勤めて最初に手伝わされたのは大きなダンボールの中にごっそり入っている鶏のヒナをその専務の自宅に運ぶことだった。運んでいる最中（電車の中など）ピヨピヨ鳴いて賑やかで乗客がみんな見ていた。ダンボールの中は高層ビルの模型みたいに一〇センチぐらいの仕切りがいっぱいあってヒナは五百羽ぐらい入っていたようだった。

あまり深く考えずにその運搬仕事をしたのだけれど、それらはボアという大蛇の生き餌にするためのものだった。

専務はヘビの飼育を会社の仕事以外のサブビジネスにしているようだった。

ここでぼくは何種類かのヘビを持ったり首にまいてごらん、などと言われたりした。ヘビの動いているさまを見ているのは好きなのだが、あまり触れたくないのが正直なところだったので、だらしなくあとずさりしていた。

だから本書でもヘビの話に多くを費やしている。「好き」で「怖い」からだ。

「ナショナル ジオグラフィック」（以下、ナショジオとも）のむかしの号にアフリカかどこかの記事で、あれはアナコンダであったか大蛇を獲得にいく話とその詳細な写真が出ていた。現地のヒトが腰をかがめれば入り込んでいけるような大きな穴に松明《たいまつ》をもっていく。ヘビと洞窟という、ぼくにとっては二重の「恐怖」が集約されたような世界であるが、怖いもの見たさでじっくり読んでしまった。

人間というのは不思議なものでそういうぼくもウミヘビは平気なのだ。南の海をいくとよく出会う。彼らは水中をヒラヒラ泳いでくるがエラブーと呼ばれる、人間が食用に捕獲対象にしているけっこう大きなヘビは好奇心が旺盛なのか、潜っていく人間にヒラヒラ接近してくる。

沖縄の人に聞くと水中メガネに自分の顔や姿が映るのでそれに興味があるんだ、と言うが本当かどうかはわからない。

このエラブーは沖縄の人にとってとても重要な収入源になる。沢山捕獲し、干してヘビのミイラみたいにする。沖縄のいろんな店（お土産にまで）にこのエラブーを黒い巨大な蚊とり線香のように丸めてつり下げてあるのを見た人も多いでしょう。干物のエラブーなのだ。

これを煮戻したスープはおいしく体に本当にいいようだ。ぼくは沖縄でこのエラブーのスープで何度も不調を脱したことがある。

そんなこともあってか水中で生前の、生きたエラブーがひらひらやってきてもぼくは素手でつかむことができる。エラブーにはコブラクラスの毒があると言われているが毒のある牙は口の奥のほうなのでめったに嚙まれることはないという。エラブーを水中で脅かし、大きくあけた口の中にわざわざ指でも深く差し込まないかぎり問題はないそうだ。

繁殖期になるとこのエラブーが沢山いるところに捕獲人が集まってくる。『毒蛇の博物誌』（杜祖健＝講談社）にフィリピンのガト島におけるエラブー捕りの話が出ている。周囲一キロぐらいの小さな無人島の周囲の岩壁に洞穴が六つあり、それらの中にエラブーが繁殖している。エラブーが群がる海の中を潜っていくと洞窟の中は畳四枚ぐらいのスペースで、海水の中にはエラブーがうじゃうじゃ、まわりの岩壁にもやはり沢山のエラブーがあがっていてからまりあい、とぐろをまいて群がっている。その写真が出ているがおぞましいばかりだ。

ぼくは「好きで嫌い」だからそんな洞窟の中に入っていくエラブー捕りの人々の勇気に感心すると同時に勝手にどんどんキモチ悪くなっていく。エラブーの大きいのは二メートルぐらいになっていてヒューヒュー鳴くというから洞窟の中でそんな鳴き声に囲まれたらどうなるんだろう、としばし考えたりしていた。

ここではたった二時間で八百匹も捕まえたという。日本の南西諸島にもこれによく似たヘビの群れが住んでいる小さな島の洞穴があるとなにかの本で読んだ。

ぼくがヘビよりも弱いのは細長くて足が沢山ある生き物で、たとえばムカデやヤスデのたぐいで、釣りの餌によく使うゴカイやイソメなんかもダメだ。だからそれらの話は後ろのほうでくわしく書いた。

『宇宙からいかにヒトは生まれたか』(更科功＝新潮選書)は地球の生物がいかにして成長、分化していったか、をわかりやすく書いていて非常に面白いが、節足動物と考えられるプネウモデスムスの想像図が出ている。

ムカデの先祖みたいな奴で、巨大である。大きさは書いていないが二メートルぐらいはありそうだ。全体が節でつながった甲羅みたいなものに覆われ、左右に夥《おびただ》しい脚が出ている。ぼくのようなものにとっては「とてつもなく好きで、卒倒するくらい嫌いな」生物である。そんな時代に生きていなくてよかったとつくづく思った。もっとも人類が出てくるのはそれより数億年あとのコトになるのだが。

好きで嫌いな地底世界

ぬるぬる長物手足いっぱい生物

落語の「饅頭こわい」は、例によって町内の暇な連中が集まって「世の中で何が怖いか」を話すところからはじまる。ヘビが怖いという奴がいればミミズが怖い、クモが怖い、ナメクジが怖い、といろいろ出てくる。そのなかで「饅頭」が怖い、と言いだす奴がいて噺がはじまる。

噺のなかで、人間は、生まれたときに自分のエナ（胎盤のこと）を埋めた上を最初に通ったものを怖いと思うようになる、という説明がある。むかしは自分の家でお産をすることが多かったから胎盤はたいてい縁の下などに埋めていたのだろう。だから「饅頭」が怖い、といった人はエナの上に最初に饅頭がころがっていったことになる。

ころがる饅頭もなかなか難しいだろうけれど。

ミミズだのヘビだのが怖いといっているうちはまだ単純なもので、この怖さが複雑化して連続化する「恐怖症」というものになるといろいろ面倒なことになる。『恐怖症』を調べると二百ぐらいの症状があるという。ヒトはいろいろだからダイコンオロシを見ると失神する者もいればノコギリのギザギザを見るともう一歩も歩けない、というヒトもいる（はずだ）。ほんの軽い気分的なものから連続治療の必要な精神病に近い重いものまで本当にさまざまで、これらを列記していってもあまり意味はないようだ。

わたしたちの日頃の話で出てくるのはせいぜい「高所恐怖症」「社会恐怖症＝対人恐怖症」「先端恐怖症」「広場恐怖症」「不潔恐怖症」「閉所恐怖症」なんていうものだろう。ぼくはその「閉所恐怖症」と「ぬるぬる長物手足いっぱい生物恐怖症」の二つが顕著である。後者は釣りのときのポピュラーな餌である「イソメ、ゴカイ類」のことで、これをつまんで釣り針につけるのが恐ろしくてならない。でも発狂まではいかないから、生死の危険があるとしたら「閉所恐怖症」のほうだろう。

たとえば二〇一〇年に話題になったチリの北部アタカマ州のサンホセ鉱山の落盤事故によって三十三人の坑夫が地下七〇〇メートルの深さのところに閉じ込められた事

件は聞いているだけで息苦しくなった。真っ暗な地底に閉じ込められ、救出されるかどうかまるでわからない、などという状況に置かれたらぼくは真っ先にパニックにおそわれ悶絶死する自信がある。

だからできるだけそういう状況に置かれないように注意して行動している。道を歩いているときマンホールなどがあったらそれを避けていく。万一蓋の寸法が小さかったらあぶないではないか。でもそれじゃ蓋はもっと以前にさっさと落ちてしまっているのか。でもこの時代何がおきるかわからないものなあ。とにかくおかしなもので怖い怖いと思うぶんだけそういうことに異様なこだわりがあって、地面の中、地中の深くにむかしからヘンに興味がある。

地下百階の家

たとえば以前、こういう疑問というか興味を持ったことがある。

一般的に自分の所有している土地の下はどこまで自分のものなのか、ということについてである。

五〇平方メートルの土地を所有している場合、屋根の上と地下はどこまで自分の所有権があるのか。もしずっとかぎりなく屋根の上の空間も五〇平方メートルぶん自分の所有しているものであるなら、まあ絶対そういう技術はないものの、仮にあるとして、面積五〇平方メートル、高さ三十階のビルを作ってもいいはずだ。同じように地下もずっとかぎりなく五〇平方メートルの所有権利があるなら地下三十階の住居ビルをつくる。上と下とあわせて六十階の、もの凄い建築物を所有することができるではないか。

しかし、それはできない、ということがわかった。そんなことを考えていた当時、知り合いの弁護士に聞いて調べてもらったのだ。そのとき書いたエッセイがあるのだが、粗製乱造作家ゆえ、どの本に書いたのか見当もつかず（なにしろ二百五十冊も書いてしまったのだ）ついに発見できなかった。たしかいろいろな法律や規制があってそうは簡単にできないようになっていたのだった。まあなんの規制もないからどうぞなんでもご勝手に、と言われてもまず技術的にそんな建物を作ることは無理だろうから所詮はアホでムダな話になるのだけれど。

でも、夢はあるよな。エンピツみたいな塔があって玄関をあけるとエレベーターがあり、地上三十階、地下三十階までの表示がある。お客さんは驚くだろうなあ。「まず地下十二階にいきましょう。応接間がありますので」なんていうことが言える。

そういう絵本があって、それはもっとスケールが大きくタイトルは『ちか100かいだてのいえ』（いわいとしお＝偕成社）だ。

この家は地上には何もなくて地下一階からはじまる。地下三階までは畑を耕していて地下野菜を作っている。風呂は地下五階だ。寝室は地下十階。地下深くなっていくと住人もどんどんかわっていって、木の根なんかもうまく利用している。地下三十八階あたりになると落ち葉を丸めてつくったおだんごを食べる生物なんかがいる。五十階あたりはキノコの王国だ。だんだんわけのわからない形態をした生物が出てきて地下九十階あたりは異常進化したモグラの王国になっていて、まあそうだろうなあ、と納得できる。子供たちにとってはたまらなく面白い世界だろう。

もう少し年長の子供を対象にした『地下の活用がよくわかる事典』（青山やすし監修＝PHP研究所）をパラパラやるとなんとなくそうだろうなと思っていたことや、今までまるで知らなかったことがいろいろ出てくる。

自然界で一番深いのはマリアナ海溝ビチアス海淵（チャレンジャー海淵）で一万九二〇メートル。淡水ではバイカル湖の一六二〇メートル。カリフォルニアには世界で一番深い井戸というのがあってこれは二七五二メートルもある。なんのために掘ったのだろうか。さっきチリの鉱山でおののいていたが、世界で一番深い鉱山は南アフリカのウェスタンディープ・レベルズ鉱山でなんと三五七八メートルもある。

富士山に登るくらい降りていかねばならない。こういうとんでもない深さの地底でいったい何をしているのだろうか。チリのサンホセ鉱山のように落盤事故で閉じ込められたら、脱出するのに富士登山ぐらいの距離をひたすら登らなければならないではないか。しかもたぶん真っ暗ななかを。

日本に地底発電所がある、ということもその本で知った。神流川《かんながわ》発電所で、これは高さの違うふたつのダムの高低差を利用して発電している。昼間は上にあるダムから水を流して地下五〇〇メートル付近にある発電機を回し、夜は余剰の深夜電力を使って下のダムから上のダムにまた水を戻す。神流川発電所の発電量は約四七万キロワットである。原発は一基で約一〇〇万キロワット。

神流川発電所と似たような仕組みで発電しているのが福島県奥会津にある沼沢湖で、ここへはわけあって年に一回は行っているのでよく知っている。近くを流れる只見川とで水を行き来させて発電しているが、湖そのものはいつ見てもおだやかで美しく、川をせきとめるダムなどと違って美しい環境はきれいに守られたままだ。日本は山国であり川国でもあるので、こういう条件にあった場所は沢山ある。まんべんなく作っていけば原発など本当はいらなくなるのだ。ただしこの揚水発電所は発電量の調整が不得手な原発を補完するもの——として原発反対派から批判されてきた面もある。

地下に住む人々

地下は多くの生物にとって最大の安息の場であり、繁殖の場であり、また状況によっては攻撃準備の場であった。それは古代から現在まで構造的には何も変わっていない。

「地下と生物」というテーマで語っていくとするとまずは無数の細菌から昆虫類までの状況をとらえなければならないので、そこまで考えていくと何ページあっても記述スペースが足りない。

そこで、ここでは人間という「くくり」での考察を続けていきたい。

最初は「地下に住んでいる人」の話だ。

世界にはいまだに太古の穴居《けっきょ》生活のようなことを続けている民族が沢山いる。数としてもっとも多いのは中国の「ヤオトン」だろう。黄河の流域、黄土高原の気候は厳しく、家を作る建材になる樹木があまりない。しかし岩の多い地形なので、岩を掘り抜いたり地面を掘り抜いて住居を作ることが行われた。

さっき書いた絵本の地下百階の家ではないが、光景としては、何もない岩の台地をいくと突然岩を削った地下住居がある、という状態になる。それはたいてい集団住居である。真ん中に三〇〜四〇メートル四方の穴があって、中央あたりに井戸がある。各住居はそのまわりに岩をくり抜いて作られている。当然窓はなく自然光は唯一入り口とそのまわりの窓である。つまりは住居の一面のみ。位置によって入り口は東西南北とわかれる。この住居では北側にある住居が一番日当たりがいいことになる。

このあたりの気候は厳しく、夏は三十五度以上、冬は零下二十度にもなるが、地下住居のヤオトンは季節を通じて一定温度が保たれているから快適という。いまでもヤオトンに住む人は四千万人もいるというから、日本人の三分の一が地下生活をしている勘定になる。

これと似たような構造の住居は世界各地にあり、チュニジアのマトマタの地下住居は形態的にヤオトンと同じである。岩質がやわらかいので、部屋が狭くなるとどんどん掘ってあたらしい部屋にしていく、というから楽しいではないか。スペインのクエバス、メキシコの北部チワワ州に住むタラウマラ族の住居、有名なトルコのカッパドキアの洞窟住居など、地底住居は世界中にある。とくにカッパドキアの地下都市はスケールが大きく、地下八階、深さにして平均六五メートルあたりに一時は四万人が暮らしていたという。

　このカッパドキアは約千八百年前のローマ帝国時代にキリスト教信者が迫害を恐れてそこまで逃げ、危険を避けるために地下に住んだのが最初とされている。地下都市をつくるのは主に「安全のため」という。地下に住む昆虫や動物の行動と同じ動機で作られているのだ。しかしどこでも可能というわけではなく、雨のときの水はけと地震のないことが自然条件としては大事になる。

　オーストラリアのクーバーピディのあたりはオパールの採掘場としていたるところに縦孔が掘られ、地下は蟻の巣のように沢山の通路と部屋のような空間がある。ぼくはここにもぐったことがある。出入り口は直径一メートルもない丸い穴で、一人乗りのブランコのようなケーブルエレベーターで昇降する。閉所恐怖症としては絶叫ものである。しかし下に着いてみると、地表は四十度ぐらいあったが、中は断然涼しく、快適だった。ただしぼくの場合は常に精神圧迫があって、そこに住んでいる人ほどにはとてもくつろげなかったけれど。

　オーストラリアの地表は暑い上に夥しいハエが常にいるので、このオパールの採掘跡を利用したダグアウトとよばれる地下住居がどんどん利用されていて、今では教会やレストラン、ホテルまであって、ちょっとした地下都市の様相になっているらしい。

これらの地下住居は、その土地が基本的に岩質で、湿気が少ない、という共通項がある。日本のように湿気が多い国土ではよほどコンクリートなどの厚い防護がないと快適な暮らしにはならない。げんにぼくの家にも地下室があるが、湿気がひどいので物置程度にしか使えず、しかも常に電気式の乾燥機を稼働させていなければならない。

モグラびと

ナショジオの一九九七年二月号に「ニューヨーク地下探検」という興味深い特集記事がある。マンハッタンのつまりは狭い島に高層ビルの林立するニューヨークは、地上の建物ばかり印象が強いが、昔から地下の利用もさかんに行われていた。下水道をはじめ電気、ガス、水道、などの基本インフラ設備（総延長五〇〇〇万キロメートルといわれている）が新旧複雑にまるでスパゲティのようにからんでいる。その深さは地下八十階のレベルにまで至るというから気の遠くなるような話だ。

この特集ではマンハッタンから一六〇キロほども離れたキャッツキル山脈から新しい水道をひくためのトンネル工事を主に取材しているが、現場は地下二〇〇メートルである。地下工事は常に危険が伴う。この記事が掲載された時点で長さ二九キロメートルまで工事が進んでいるが、それまでのあいだに一〜二キロに一人の割合で犠牲者をだしてきたという。

比較的浅いところに埋設されている水道管の七割近くは新しいものでも五十年前、という老朽化の限度にきているから、ニューヨークでは殆ど毎日どこかで水道管が破裂して水を噴き上げているという。そんな映画を見た記憶がある。

この特集のなかでさらに興味深いのは、地下でかつていろいろな役目を果していた空間に世捨人のような状態で暮らしている人の話が出ていることだった。

ニューヨークの地下鉄の廃棄された駅や廃線になったトンネルに沢山のホームレスが住んでいる、という話を最初に教えてくれたのはニューヨークに永住しているぼくの娘だった。ジェニファー・トスというロサンゼルス・タイムズの女性実習記者がトンネルをくまなく探索した本を見つけ、当時地下で生活している人々に非常に興味を持っていたぼくにその話を教えてくれた。

いくつかのいきさつがあってぼくの娘（渡辺葉）がそれを翻訳し『モグラびと』（集英社）というタイトルで出版された。

その本によるとニューヨークの地下には薬物中毒、家庭崩壊、犯罪、貧困などの理由で長期に住み着いている、つまりは地下ホームレスが三千人から五千人はいる、というのだ。中には十年以上地上に出たことがない、とインタビューにこたえているゾンビもしくは人間モグラのようなホームレスもいる。地下には巨大なドブネズミが沢山いて、彼らはそれを線路ウサギ＝黒いウサギと呼んで焼いて食用にしている、などという話も出ていた。著者のジェニファー・トスは神の加護と思えるくらいの幸運に恵まれ、数度の取材から無事生還しているが、そのあと何度も悪夢に苛まれた、とあとがきに書いている。

同じくナショジオの二〇一一年二月号「ようこそ、パリの地下世界へ」はニューヨークにならぶ世界屈指の大都市パリも地下が賑わっているという話だ。アメリカと違って長い歴史のある都市であるぶん、地下の状態もいささか様相がちがっている。

パリは、石灰岩とジプサム（石膏）の大きな岩盤の上にできた都市だ。そのため建造物の素材も、簡単にいうと自分たちの都市のある地下から掘り出して作るという、効率のいい、しかしかなりあぶなっかしい資材調達をむかしからやっていた。

その時代の変遷をたどったわかりやすい断面図が出ている。それによると紀元前一世紀にセーヌ川のシテ島を中心にルテティア（後のパリ）を建設したローマ人は周辺の丘の石灰岩を切りだして建築材料にしている。露天掘りである。十二世紀に入るとパリとなっていたルテティアは、都市づくりのための建設ラッシュが続いた。建築資材は地下から採掘するようになり、陥没しないよう坑道を支えるために石灰岩を柱状に残していった。都市の下にいろんな空間があるのだからこれはいかにも危ない。十六世紀にも地上の建築資材は地下から採掘していたが、資材を切りだしたあとを空間のままで放置せず、石材として使えない廃石で満たすようになった。

十八世紀から十九世紀にかけて、ついに地上の巨大な石の建造物がいきなり崩壊することがたびたび起きた。それは地下の採石場の天井が浸食によって崩れるせいだったのだ。天井が崩れるとその上の地盤が次々に崩れ「釣り鐘状」に崩壊する。それは地表にまで達し、地上の大きな建物がいきなり崩落する、というとんでもないことになった。

一七七四年のダンフェール＝ロシュロー大通りの事故は通りそのものが地下に崩落し、沢山の建物や人を地面の中に飲み込んだ。

こういう事故を防ぐために調査官によってパリの地下の採石場跡がこまかく調べられるようになり、地下地図が作られるようになった。そのため以降は採掘による坑道作りは無計画にはできなくなった。その一方で土地確保のため地上にあふれだした墓を掘り出し、夥しい数の人骨を採石場跡に移動させた。この地下墓地はカタコンブと呼ばれ、今では観光地のひとつになっている。夥しい量で堆積された人骨を調べ人骨から歴史を探ろうとする研究者がいる一方、単なる興味本位でいじりまわす連中が沢山いるというから、こういうのをどう考えたらよいのか。このパリの地下にクモの巣のように広がっている採石場跡の坑道は第二次世界大戦のおりにはレジスタンスの隠れ場所になったりドイツ軍の掩蔽壕《えんぺいごう》に使われたりした。

今もこの坑道は総延長三〇〇キロメートルというスケールで残されており、立ち入り禁止地区になっているが、常に夥しい数の侵入者がいるという。彼らはカタフィルと呼ばれる「地下愛好者」だ。地下の一部で芸術活動をしたり、パーティをしたり、ただひたすら知られていない地下の道を歩き回る人など、カタフィルの行動は様々だ。

世界最深洞窟へ

ナショジオは洞窟探検ものによほど興味があるようでバックナンバーをあさると次々にいろんなスタイルの地下探検話が出てくる。

ぼくがいちばん恐ろしいのはケービングというやつで、暗黒の地下の迷路のようなところをわざわざはっきりした地図もなしにどんどん入り込んでいく恐れを知らぬ人々の行動だ。

そのうちもっともスケールの巨大なのは二〇〇五年五月号の「グルジアのクルーベラ洞窟　最深記録に挑む」という記事だ。場所はグルジア（現・ジョージア）の黒海に面したアラビカ台地のクルーベラ洞窟。その深さはなんと二〇〇〇メートル以上という。最初にグルジアの研究者が深さ九〇メートルまで到達した。二〇〇一年、ウクライナのユーリ・カスジャン率いる探検隊が一七一〇メートルに到達した。

ナショジオのこの探検記事に紹介されているのは七カ国、五十六人で構成される国際チームの話で、ヒマラヤを攻める登山隊のように、深さ七〇〇メートル、一二一五メートル、一四〇〇メートル、一六四〇メートルの地点にキャンプを張りそれらを拠点に深度を増していく、という方法をとっている。そして地底に入った十七日目に予定通り二〇〇〇メートルに達した。また、二〇〇七年の八〜九月にはこのときのメンバーの一人が二一九一メートルに到達。当時、世界記録を樹立した。

世の中真っ暗闇でもいいじゃあございませんか。

哲学者のたたかい

哲学者の中島義道さん(元・電気通信大学教授)は「ほおれ見ろ」と思っていたことだろう。東日本大震災と連動しておきた深刻な原発の事故は東北から関東にかけて、基本的な日常生活のインフラをあっけなく崩壊させた。関東は急速な電力供給の低下にからんで「計画停電」という耳慣れないエネルギー規制をうけ、何十年ぶりかに「停電」という思いがけない不便な生活を強いられることになった。世代によっては生まれてはじめて「電灯やテレビや暖房のない耐乏生活」に直面し面くらったことだろう。

思えば日本はそれまで何十年も娯楽文化の急速拡大に「イケイケドンドン」思考で

膨張し、今世紀中に地下エネルギー資源が枯渇する、ということを知りながら、加速度的なエネルギー消費を続けてきた。

便利で快適な生活が当たり前になり、誰も節電などの意識を持たず、無意味なエネルギーの浪費に疑問の声の断片さえもたなかった。

そういう世の中に対して中島さんはかねてから激しい「疑問と嫌悪」を抱き、これまで『うるさい日本の私』（角川文庫）『醜い日本の私』（角川文庫）というかなり刺激的な警鐘の書をだしてきた。この本の凄いところはよくある学者の机上論ではなく「実際のタタカイの戦闘史」にもとづいていることだ。

たとえば著者は通勤する私鉄の駅のホームにまんべんなく点灯されている本来必要のない真昼の過剰照明に対して「なぜあのような無駄を続けるのか」と駅長に質問、抗議しにいく。

あるいは商店街の電気屋が、なんの理由も目的もなく（としか考えられない）ような状態で店頭から道路にむかって一日中巨大な音楽を流し続けている。

街の空間は本来「公《おおやけ》」のものであり、それなりの個人的な静寂を求めてそこを歩いている人も沢山いる。そういう電気屋に入っていって「なぜこのようなことをするのか」と詰問する。何度いってても店はそのときだけボリュームをちょっと下げ、三分もするともとに戻してしまう。そういうことが繰り返され、ついに中島さんはその音楽を流しているカセットデッキのプラグを抜いて抱えて走り、近くの空き地に捨ててしまう。当然店はさわぎたて、警察が介入するそこそこの事件になるが、その過程で、中島さんは「なぜあなたたちはそうやって静寂環境を一方的に破壊するのか、それを不快と思う人がいるということがわからないのか」ということを店側に理解させようとするのだ。

これらの本にはこのようないたるところで起きたタタカイが記録されている。氏のタタカイに触れた多くの人は「ちょっとおかしな人」「偏屈者」などという程度にしか認識しないが、氏は哲学者で、沢山の専門学術書を書いている思慮深い知識人である。しかもウィーンと日本の双方に居住しているので、ヨーロッパの大人の文化と、日本の「そのような」幼稚な文化のギャップにじかに日常的に晒《さら》されて「うるさい日本」「醜い日本」の現実に耐えられなくなっているのだな、ということが読んでいるとよくわかる。

適度なウィットに富んでいてこの「うるさい」や「醜い」という言葉はそれを書いた著者自身にも「かけられ」ているのである。言葉を入れ換えて「日本のうるさい私」というふうにもとれるように——だ。

東日本大震災によって、日本はまさにこの中島さんが繰り返し指摘してきた無意味なエネルギーの浪費を国家的に再検討しなければならなくなった。

駅のホームの昼の電灯は消され、商店街の乱立しすぎてどこが何を主張しているのかわからないネオンの洪水に規制をかけ、自動販売機の二十四時間点灯に疑問が投げかけられ、デパートやコンビニの必要以上に明るすぎる照明に再検討の目がむけられはじめた。

しかしまだパチンコ屋などは昼より明るいようなギラギラ照明をやめようとしないし、街の夜が暗くなったいまこそ目立つから、というめちゃくちゃな思考でネオンや電飾看板を逆に明るくさせるバカな経営者が沢山いる。このような未曾有《みぞう》の災害に直面しても、日本全体はまだまだ懲《こ》りずに無意味な「あかるさ」に大きな価値を求めているのだ。

明るい日本

戦後何年かして急速に流行ったのが蛍光灯だった。同じ電力を使っても明るい、というのが大きな魅力であり、それまでの電球の灯よりも青白く、そのいろあいがなにか未来的、先進的、と評価された時期があったらしい。

ヨーロッパではこの蛍光灯をワーキング・トーチといって、家庭のくつろぎの灯にはむいていない、と嫌った。しかし日本はある時期から、工場もオフィスも街灯も家庭も蛍光灯だらけになった。夜をとにかく明るくすることが「文化・文明」と国民全体が思っていた時代だったのだ。明るいことが単純に「繁栄」の証《あかし》だった。

たしかに人工衛星の撮った夜の地球の写真などをみると、先進国といわれる場所はみんな明るい。アメリカ、カナダの大都市の位置はすぐにわかるし、その次にヨーロッパ各国と日本や韓国のあたりが明るい。アフリカ中央部が広範囲にぼんやり明るいのは焼き畑のようで、アジアでぼおっと明るくなっているのは森林火災らしい。ペルシャ湾岸の油田地帯もすぐにわかる。

比較的「あかるさ」を「点」のレベルで抑え「暗さ」との対比的価値を認めているヨーロッパの灯と日本の灯はどうもその構造が違うようだ。

日本は北海道から九州までの都市がまんべんなく明るく、それらが明るい道路によって全体をつないでいるのが宇宙から見てもよくわかる。ヨーロッパの都市部が明るいエリアを点在させているのに対して日本はその都市と都市を繋ぐ道路の明るい線で日本列島の形がわかるような、まんべんのない明るさに映えているのだ。まさにイルミネーションニッポン。この飛び抜けた明るさの源には日本人の大好きな蛍光灯のきつい灯がかなり寄与しているようだ。

『夜は暗くてはいけないか—暗さの文化論』（乾正雄＝朝日選書）は、くしくも先に書いた哲学者、中島さんの住居のあるウィーンにある美術史美術館に掲げられているピーター・ブリューゲルの「雪中の狩人」の絵から話がはじまる。この本は本書のこのあとの数ページでぼくが語りたいことをもっとも正確にわかりやすく説いている一冊で、このテーマにキチンと正面から取り組みたい読者はすぐさまこのページをとばしてこの『夜は……』の一冊の方を読むことをおすすめする。

「雪中の狩人」の絵に戻ろう。この本の筆者はこの絵からヨーロッパ全土の「暗さ」に対する意識とその意味を語っていく。

口絵にこの絵がカラーで載せられているのでわかりやすいが、この実に寒々しい風景には曇天《どんてん》に青い色が使われている。筆者はヨーロッパの絵画における曇天に青が使われる背景を詳しく述べ、ヨーロッパの気候と照度について触れていくのだが、その過程を読んでいくと、日本人がいかにして夜を「明るく」したがっているか、という心理の断片が見えてくる。

ヨーロッパの冬の曇天時の全天空照度はだいたい五千ルクスという。

日本の冬の曇天時の午前十時頃がだいたい二万五千ルクスというから、同じ地球の話とは思えないくらいの差だ。

ちなみに日本の晴天の昼の太陽光は十万ルクスである。そしてぼくがこれらの数字で気がついたのはヨーロッパの暗い昼と、日本の明るい昼は、ともに同じくらいに暗い夜の闇を迎える——ということであった。

ヨーロッパの人々が暗い昼から暗い夜に移行するのと、日本人が明るい昼から暗い夜に移行するときの心理的な差は相当なものだろう。日本が夜をできるだけ明るくしたがる背景は案外こんな程度の単純なところにあるのかもしれない。

これに加えて、ヨーロッパと日本の家の構造が関係してくる。このことは「石の家、木の家」というテーマであとでくわしく触れるのでここでははしょるけれど、暗い夜の闇から精神的に身を守るのは頑丈な石の家のほうが有利に働くだろう。そしてヨーロッパの夜の灯は暖炉やテーブルの上に置くランプという「より人間の体に近い灯」が主流になった。

ホタル八千匹

『あかりと照明の科学』（深津正ほか＝彰国社サイエンス）に日本の「あかり」の歴史とその変遷がわかりやすく書いてある。

苦労して勉強してきた甲斐のあることを例える言葉に「蛍雪の功」という中国の故事があるが、ホタル一匹の光度は五百分の一燭光《しょっこう》という。一燭の単位は一ルクスだが、それがどのくらいのものか、をぼくは知っている。子供の頃の便所の電灯はたいてい二燭と決まっていた。よほど眼のいい人でないと文字が読めない暗い電灯だった。一燭はその半分。小さな便所の隅がもう見えないくらいの頼り無さだ。

この本の筆者が中学の頃は十六燭の電球で勉強していたという。二〇ワットの蛍光灯の六分の一程度の明るさである。これと同じくらいの明るさをホタルから得るにはだいたい八千匹は必要という。勉強しようとホタルを捕まえているうちに夜があけてしまう可能性がある。

日本人の初期の頃の灯火は「ひでばち」というものだった。「ひで」というのは松の根の脂の多い部分を細かく割ったもので、これをたえず投下していなければならなかった。燃料補給係は子供がやらされることが多く、煤《すす》が盛大に出るので燃料係の子供の顔はススで真っ黒になってしまったという。

続いて「松明《たいまつ》」と「竹火」というものが現れる。松明は松や竹などをまとめて束にしたもので、これは映画などにも出てくるから容易に想像できる。江戸時代の頃まで武士の夜間の外出などに使われていたという。ただし火事の原因になるので市街地では禁止。辺鄙《へんぴ》なところで使ったようだ。竹火は篠竹やネマガリダケをよく乾燥させたもので、これは炭鉱などで使われた。

「しそく」は平安時代と江戸時代に使われたもので名前は同じだが燃やす素材やしくみは違っていた。江戸時代の「しそく」は紙を巻いてこれに油や蠟《ろう》をしみ込ませたもので、主として夜間の小用をたすときに使われたらしい。

燃えるものなら

この頃から人々は住んでいる土地によってさまざまな「燃えるもの」を発掘、発見するようになる。植物では胡麻、エゴマ（シソ科）、ハシバミ、イヌザンショウ、ツバキ、イヌガヤ、クルミなどの草、樹木の実などから油を抽出。やがて植物油の主流は菜種油になる。海からはクジラ、イワシ、ニシン、サンマなどから脂を絞りとって燃やしたが煙と臭いがひどいので人気はなかったらしい。

同じ頃、牛馬の乾燥した糞を燃やし、灯明のようにして使っていた、という記述を見て興味が増した。モンゴルの遊牧民は牛の糞を煮炊きの燃料にするのが（今でも）一般的だが、同時にカマドのこの火をゲル（パオともいう）の照明がわりにしているからだ。

江戸時代の庶民が一般的に使っていたのが「行灯《あんどん》」で、種油を燃やし、風に煽《あお》られて消えないように四方を紙で囲った。テレビなどに出てくる行灯はじつにあかるく部屋の全体を明瞭に見せてくれるが、あれは嘘で、実際にはえらく暗いもので、灯心が一本だと光の量は六ルーメンという。さっきの二〇ワットの蛍光灯のわずか二百分の一の明るさである。客が来たりすると灯心を三本（まで）増やすことができたらしいが、灯油が高いので、よほどのことでないとそんな贅沢はできなかったという。

なにかモノを読んだり書いたり、縫い物をするときなどは可動式になっている紙の風除けの一方をあけて、灯心からの火を直接うけるようにしたという。

だから夜が更ければこの行灯のまわりには家族の者が集まり、冬ならばささやかな暖房にも利用したという。行灯から一間もはなれるともう顔も識別できないくらいだから、その時代の夜話で怪談などをやると、その部屋の鴨居のあたりはもう真っ暗で、いかにも魔物、魑魅魍魎《ちみもうりょう》がうごめきやすい状況になっていたのだろう。この行灯が後に「提灯《ちょうちん》」に進化していくのだが、それとは別に行灯を買えない貧しい人のために

「瓦灯《かとう》」という火皿の上に釣り鐘型の蓋をかぶせたものが使われた。行灯よりも暗く、夜中にかろうじて目の前にいる人の気配がわかる程度、というから、どれほどの役にたったのか不明だ。

農山村の屋内用の灯は囲炉裏や、先にのべた「ひでばち」などが主だったが、やむをえず夜間に外で仕事をするときに「松脂蠟燭《まつやにろうそく》」というものを作った。これは松脂を集めて湯にいれて柔らかくし、糠《ぬか》をまぜてよく捏《こ》ね、全体を棒のような形にして竹や笹の葉にくるみ、数箇所をイグサに似た強度の強い草でぐるぐる巻きにしたものだった。長さはまちまちだったが平均二六センチぐらいで「ちまき」によく似ていたという。一本の点灯時間は三十分から良質のもので二時間というからけっこう実用価値があったはずである。

これが後の「ローソク」の原型のようなものになったのだろうが、蠟をあのような形にして長時間の照明用にしたものは中国から持ち込まれた、という伝承が一般的だ。

少し前まで静岡県の竜南《りゅうなん》というところに「古い時代のともしび用具」をあつめた「東海あかりの博物館」というのがあり、ここを覗いたことがある。

そのとき背の高い非常に魅力的な形をした仕組み不明の「無尽灯」というものの存在を知った。種油を燃料としているが、圧搾空気を利用して常に油を上に押し上げるような構造になっており、その油の量も多からず少なからずに調節する装置がついていて、精巧な芸術品のかおりさえするすばらしいものであった。

時代が少しズレていたらこの「無尽灯」が幕末から明治にかけて大人気になっただろうが、その頃西洋から「石油ランプ」が入り込んできて、たちまち当時の主流をなす照明器具になっていった。

石油ランプによって明治初期の街々はそうとう明るくなったが、そのあとにガス灯やアセチレンランプ、アーク灯などが登場し、そこから駆け足のように電気の時代になっていったのである。

猫の眼人

前出『夜は暗くてはいけないか』のなかに著者がドイツの森に囲まれた草地で何人かのドイツ人と焚き火を囲み、ビールと豚の肉を焼く宴をひらいた夜のことが書いてある。

「灯は焚き火の光だけで、火からちょっと離れるとビールを飲もうにもビールのせともののうつわはわかるがビールそのものは見えない。重さとコップの角度だけで、どのくらい飲むか判断しなければならない。ひとしきり後にそのあたりをぶらぶらしようとしたのだが、それが大変だった。自分の体が見えず、手も足も見えなかった。照度は多分〇・〇〇〇一ルクス以下。肉眼でものが見える限界をきっていた」

そんななかを苦もなく歩いていくドイツ人を見て筆者はまた驚くのだ。

ヨーロッパ人がおしなべて闇に強く、また闇のなかにいることが好きである、ということはぼくも照明の殆どないスコットランドやポルトガルの石畳の街を歩くときに強く感じたが、彼らにとっては「夜は暗くていいのだ」という石の国に住む民族の基礎感覚をしだいに理解しはじめた頃でもあった。

民族的にその環境に長い時間慣らされて夜の闇に眼がきく遺伝子を継続させている、ということもあるようだ。例えばモンゴルに何度も足を運んでいるとき、まだロシアの支配下から離れて間もない混乱期であったが、ウランバートルの街を夜中にライトをつけずにバイクを飛ばしていく連中が沢山いて驚いたことがある。まだ満足に街灯もない暗い都市の頃である。月もあったかどうか。無灯火でバイクを飛ばしていく連中は狼のように夜眼がきくから問題ないのだ、とぼくを案内するモンゴル人が言うのだが、真っ暗な中からいきなり無灯火のバイクが走り出てくるのだからそんなのに出会うこっちのほうが怖くて困った。

モンゴルの遊牧民は遠いところもよく見えるのでいたるところで驚いたが、これはアフリカのマサイ族や北極のイヌイットも同じであった。狩猟民族の眼というのは構造的に日本人とは違うのだ、と簡単にわりきるしかなかった。

そんなことはあり得ないのだろうが、もしなにかの技術的な欠陥が地球の発達史のなかにあって、いかなる「あかり」も発明されずに現代を迎えてしまったとしたら、我々人間はどうなっていただろうか。

わかるのはいま語ったように、どの人間も猛獣のように夜眼がきくようになっていて、新月の真っ暗闇の森のなかでも杖もいらずスタスタ歩いていける能力を持っているだろう、ということだ。

そういう環境での進化は絶対に眼の構造的強化に集中する。人々の目玉は今の三〜五倍ぐらいは大きくなっていて、瞳もそのぶん許容力をもって大きくなるが、昼間の太陽光線を調節するために瞳孔は高度に敏感に可動するようになっているだろう。

つまりみんな「猫の眼」のようになっている。さらにいいのは巨大な眼を守るために睫毛《まつげ》が太く長くなっていて、パチンとウインクなどすると睫毛の開閉で風が送られてくるほどになる。眼が大きく睫毛の長い魅力的な女性だらけになるが、デートするときはその睫毛が大きく上に跳ね上がり、瞳孔が一番開いている暗闇の夜がいいだろう。

闇ばかりの世の中は危険でしょうがない、と心配するのはまったく杞憂《きゆう》で、瞳孔が猫の眼のように縦に細長くなっている昼間のほうがむしろ苦痛、という状態になっているはずだ。そうだ。その世界の人間は昼は屋内の闇の中にじっと蟄居《ちっきょ》している「夜の種族」になっているのだ。これに大きな翼をつければシルヴァーバーグの『夜の翼』を彷彿《ほうふつ》とさせる。なかなか魅力的ではないか。

世界のヒトはそこらにあるもので家をつくる。それでいいのだ。

エスキモーの氷の家

一年のうちにたて続けにアラスカ、カナダ、ロシアの北極圏を旅したことがある。冬と夏の両方の季節に行ったけれど当然ながら冬は零下四十度以下になる。いわゆる極寒だが、それ以前にもっと寒いシベリアの零下五十度地帯を二カ月ほど旅したことがあるので、そんなに驚かなかった。北極圏は海があるので、シベリアなどの内陸部より十度は暖かいのだ。とはいえ零下四十度だけど。

北極圏にいくときにひそかに期待していたことがあった。氷のイグルーがまだあるかな、ということだった。まあいろんな情報で、もう氷の家に住んでいるエスキモーやイヌイットはいない、という知識は得ていたが、ひょっとすると変わり者とか北極圏版のホームレスが住んでいるのがひとつかふたつあるんじゃないか、という期待があった。

エスキモーはずっと昔、本当に氷のイグルーに住んでいた時代があったが、いまは観光用とか、ビバーク用に作るぐらいらしい。氷結した北極海にアザラシやセイウチ狩りに出た折りに白熊などから防護するためだ。しかし世界中の伝統技術がそうであるように、北極圏でもこの氷のイグルーを作れる人の年齢層はあがり、近頃の若者はあまり昔の住居には関心もなく実際には何もできないのが多いらしい。それからエスキモーは本当はまったく信じられないくらいナマケモノなのだ。

沢山の北極関係の本を調べてみると、まだエスキモーが本格的に氷のイグルーに暮らしていたとき、唯一外国人がそこに同居した体験記があった。

『極北の放浪者エスキモー』(G・ド・ポンサン=新潮社)で、これは一九三〇年代の話だ。フランス人の著者がアラスカのエスキモー社会で長期にわたって暮らす体験記で、数多い〝北極もの〟の本ではこれが最高だとぼくは唸った。

彼らと同居し、いろんなことを体験し、気を許した彼らから本音の話を聞くまでには想像を絶する異世界体験を強いられる。

例えば氷のイグルーに居候を許されるのは、彼らと同じ生活をするのが最低条件となる。この本に書いてあるが、エスキモーの生活はほぼ動物と同様で、食べるのも排泄も同じイグルー内でやる（糞便はバケツのなか）。魚を食べると頭や骨は平気でイグルーの中のあちこちに捨てる。服は基本的に着のみ着のままで寝る。白熊やカリブーの毛皮などを布団がわり、あるいは寝袋がわりにするようだが、当然いろんな油やいろんな液体の残滓にまみれている。幸いイグルー内の温度が上がっても外部から常に五度ぐらい暖かいだけだからみんな凍っている。油も体臭も糞便の匂いも凍っていてそんなに気にならないらしい。なによりもそこに暮らしているあいだ、人間も動物みたいになっているのだから、人間としての通常感覚は完全にマヒしていると思っていいらしい。

それから衣服の仕組みも通常のものと大分違う。これはぼく自身がロシアのユピックという極北民族のところにやっかいになっていたときに体験したのだが、彼らの完全な外出着を着用した。これがなかなか強烈だった。

まずパンツ一枚になる（本来は全裸になる）。それから白熊の毛皮のつなぎの上下服を、毛のついているほうを内側にして（肌のほうにむけて）着る。この瞬間が死にそうに寒い。やがて（裏オモテ）サカサぬいぐるみ状態になる。この上に今度は毛を外側にした毛皮のやはりつなぎの上下服をぴったり合わせて着るのである。最後に二重の手袋をして白熊皮の靴を履いて準備おわり。

最初は全身ガタガタ震えるほど寒いが、外に出て犬ゾリなどに乗ると俄然威力を発揮する。風を完全に防ぐことができるからだ。それから犬ゾリから落ちたりしても氷と雪の上という好条件だし、二重毛皮がクッションになるのかたいして痛くないし、一番感心したのは外側が毛皮になっていると、雪などがあまり付着しないのだ。エスキモーは零下三十度ぐらいだったらそのまま雪の中に丸まって寝てしまうことができるという。そこでわかったのは、この二重毛皮を着ることによって、人間は犬や熊と同じようになれる——ということであった。

この服装のままだから、氷のイグルーのなかでも楽に寝られるというものだ。

しかし、困るのは大小便だった。ワンピースの二枚重ねだから、前のほうは開くようにできているのだが、大便は苦労する。

だからちゃんとした毛皮の寝袋に入って寝られるときは夫婦者などは衣服は全部脱いでハダカになって抱き合って寝ることのほうが多いようだ。ひとつの寝袋だから当然しばらくするとなにかはじめる。狭いイグルーの中だから何をしているか筒抜けだ。それも彼らは別に気にしない。むかしは旅人には自分の妻を一夜の暖房がわりに裸にして提供する風習があると聞いていたが、本当のことだったらしい。だいたいにおいてエスキモーは性に関してやはり奔放だったようだ。

フランス人のポンサンは、最初の頃エスキモーが辺り構わず唾をはき、痰をはくのに閉口したと書いている。たしかにエスキモーの生活には清潔感覚はなかったようだ。いまはカナダのイヌイットやロシアのチュコト半島あたりのユピックなどは政府からちゃんとした住宅を貸与されているが、食事のときは居間にダンボールをひろげて、その上にアザラシやその他の海獣の肉をひろげ、ナイフでこそげとって食っているのが普通で、ぼくもそのスタイルでずいぶんアザラシの生肉などをゴチソーになった。

食料豊富な筏《いかだ》家屋

人間の住む家は、世界中どこでも環境に上手に順応して、いかに暮らしやすい状態にするか、という技術と知恵にたけている。当然といえば当然なのだろうけれど。

エスキモーが氷に順応したように、熱帯地方に住む人々はジャングルのなかでしばしば高床式の家を作っている。これは「風とおし」「虫よけ蛇よけ」「採光」などの理由が一般的だ。

ぼくはパプアニューギニアでこの高床式の家に寝ていた。集落を作っているところは高床式といってもせいぜい二メートルぐらいの高さだが、ときおりツリーハウスを見た。木を利用しているので五〜七メートルぐらいの高さがある。むかしはもっと低かったのかも知れないが木の成長とともにどんどん高くなってしまった、ということも考えられる。

同じぐらいの木がはえそろっているところでは、付け足し付け足しでこのツリーハウスがびっくりするほど大きくなって、ざっと十畳間ぐらいの家が三軒ぐらい蔓でできた橋の〝回廊〟で結ばれていたりして、見たかんじちょっとしたアドベンチャーレジャーハウスのようだ。けれど階段というのはなく、そこに上がるのは害獣用心のために垂直の木に小さな「切れ目」をいれたようなのがあるだけで、一〇メートル近いそこをするする両手両足で登っていかなければツリーハウスの中に入ることはできない。メタボには絶対無理だがその家の住民には造作もないことなのだ。ぼくはむかしロッククライミングをやっていたので一応ザイルで自己ビレーして登っていった。木の上の家は思った以上にいいかげんな作りで、歩くと家全体がぐらぐらする。それに床が隙間だらけで一〇センチぐらい細長い空間があいていたりして慣れないと足を突っ込みそうだ。あまり重い家をつくると家ごと落っこちてしまうからなんだろうとあとで解釈した。台風がきたら退避する必要があるだろう。

ミャンマーのパゴー川の近くにある家も高床式が多かった。これはどうやら雨期に川が氾濫したときの防備のためらしく、ガラス戸のない吹き抜けの家は見たかんじいかにも快適そうだったが、いたるところに川の氾濫あとの沼地があったのできっとものすごい蚊に悩まされるのだろうな、というのは見ただけでわかった。けれど同じミャンマーの北にある標高八八〇メートルのインレー湖の中にも高床式の家がいっぱいあり、山の上の湖なので蚊にはさほど悩まされないようにみえた。

面白かったのは場所によっていろんな形と大きさの浮き草のかたまりが流れてくるので、みんなはこの浮き草を沢山集めてきて家のまわりに縄でくくりつけ、水田のようにしてその浮き草の上でトマトや瓜やトウガラシなどの栽培をしていることだった。水草の上だから水をやる必要はなく効率がいい。思った以上に頑丈で、その浮き草の上を歩いていける。その気になればどんどん浮き草を集めてきて水田を広げ〝大地主〟というか〝大水田〟の持ち主になれるのだが、ときおり湖が荒れると、せっかくの水田が一夜のうちに四散してしまう、という悲劇がある。楽しいのはここの湖は水質が綺麗で魚も沢山いるから、その気になれば家の窓から魚釣りができるのだ。

これにたいして悲惨なのはカンボジアのトンレサップで、ここはメコン川の自然の水量調節の湖になっているので乾期と雨期では五倍ぐらい面積がかわり、水量が増える雨期は琵琶湖の十倍ぐらいになる。水深は平均四〜六メートルと浅く、ここに高床式水上家屋と、船や竹の束をフロートにした浮遊家屋がひしめいていて二十五万人も住んでいる。水は完全なドロ色。人々はその水の中で排便しその水を飲み、料理に使う。はじめてやってきて体に抗体のない人がこの水を飲むとたちまちアメーバ赤痢になると脅かされた。

しかし魚たちには有機物の餌が豊富だから巨大なナマズや雷魚などがいて、人々の生活の糧になっている。水上高床式の家は水が澄んでいても濁っていてもそれなりに水からの恩恵がある、というわけである。

湖上の村、として有名なペルーのチチカカ湖は、面積にして琵琶湖の十二倍というから雨期のトンレサップに近いスケールだ。しかしここは標高四〇〇〇メートル。湖を二分するようにペルーとボリビアの国境が走っている。トトラというカヤツリグサ科に属する太くて丈のある葦草が水上に密集して生えていて、それがいたるところで浮き島になっている。スケールによっていろいろ変わるらしいけれど、ある程度の人々が住んでいる浮き島はこのトトラの根を四〜五メートルほど重ねて頑丈な浮き島として安定させている。

浮き島のスケールとその安定性によって村を構成する人数は違っているが、大きい島も小さい島も全部「浮き島」であり、そこに住んでいる人の家も、行き来する舟も全部トトラ（葦舟）である。逆にいうとこのチチカカ湖にはトトラしかない、ということでもある。

いまはここに定期的にやってくる観光客に、手製のお土産を売る、というのが唯一の現金の入る〝産業〟で、人々の暮らしはけっして楽ではない。なんでこんな不便な浮き島に人々が住み着いたかという理由は諸説あるが、かつて迫害にあった人々がここに逃げてきて住み着いた、という説が有力である。

この浮き草の上の家やその村は、巨大なトトラの浮き船の上にいる——といってもいい。流れのない湖だからゆっくり風に漂う水上島に水上家屋という童話のような世界だ。

アマゾンのアマゾナス州（旧パラ州）、テェフェから上流は「奥アマゾン」といわれもう定期船がないので、宿泊可能な船を契約して遡行していく。宿泊といってもデッキのそこらにハンモックを張るだけだから何人も寝られる船室というのはない。

船で丸一日のぼるとどこからどこまでがアマゾン川なのかわからなくなる。

雨期に行ったのでアマゾン川は乾期の頃に比べて一〇メートルほど増水していて、そのエリアはヨーロッパ全土ぐらいだという。一〇メートルの増水が約半年続くので、まあこれは早い話、半年間の洪水が毎年繰り返されているのである。

ところどころに原住民のちょっとした集落があり、みんな筏の上に小屋をたてて暮らしている。筏は浮力の強いバルサが一番というが、バルサ材は少なく実際にはいろんな木を使っている。太いワイヤーで根のしっかり張った大木に結びつけているのでアマゾンの圧力のある水流に流されることはない。でっかい水流の中にいるから、食物は豊富だ。筏家屋のまわり中にいる生き物が全部彼らの食料、といっていいわけだし、しかも全部タダだから考え方しだいでは、豊かな暮らしだ。たいていの筏家屋にはワニが二〜三匹寄生している。人間がいると残飯がでるし糞便もでる。それを食べに小魚がくる。小魚を食べに中魚がくる。それをワニが食う。近くのジャングルに獲物がいなくなってしまったり、カワイルカの群れがくると魚がみんな逃げてしまうので、食料不足になり人間がそのワニを食べる。わかりやすい食物連鎖だ。

乾期になるとこの筏家屋はゆっくり水面の低下とともに降下していきやがて着地する。そして土の上で半年間を過ごすのである。

こうして見てくると同じ水上家屋でも土地と環境によってずいぶんその機能も能力も違ってくる、ということに感心する。

猿や巨大なナマズなどは原住民の御馳走だ。滞在中、何度か彼らの食事をわけてもらったが最初の晩は吠え猿とジャガイモを煮たものだった。サルジャガである。これにフリャーニャというユカイモのすりおろしをかける。小さな子供も一人でカヌーに乗って近所の筏の家との行き来を普通にやっていた。

環境は人間を否応なしに強くする。

何もない砂漠に暮らす理由

『砂の文明　石の文明　泥の文明』（松本健一＝岩波現代文庫）は、地球に生きる人類がどのように環境に順応してきたか、ということを概括的に知ることができるコンパクトな入門書だ。

たとえば砂漠に住む人々はなぜあのような過酷な土地に順応しているのだろうか、と筆者は自問しながらサハラ砂漠のベルベル人の集落を歩く。

砂漠をもたない日本人には砂しかないこういう世界に住む人々の生活の過酷さは、頭のなかだけではとうていその本質を理解できない。ここで筆者は何もない砂の広漠に母子が出ていくところと出会う。母子は何もないと思われるところからやがてひと束の枯れた木片を頭に乗せて帰ってくる。そこから筆者はかつてこのあたり一帯がライオンも住む森林地帯であったことに思いをはせる。最初から「砂だけの大地」ではなかったのだ。

大きな思索に溢れたこの本の著者の見解をひとことでここに書きまとめる能力はぼくにはないが、この本の筆者はこのほろびゆく砂の世界にいまだに人々が住み続けることを、神への信仰に結び付けていく。遠い延長線上には根底に宗教的価値観の衝突があるイラク戦争が存在しているのである。

その一方で家畜とともに生きる遊牧民が、家畜の餌（草や水）を求めて常に移動していくことを強いられているのはぼくもタクラマカン砂漠やゴビ砂漠などをそれぞれ一カ月ほど歩いてみて当然の対応と理解したが、信仰のために過酷な土地に止《とど》まって生き続ける、という解釈には意表をつかれた。

こういう思考を裏付ける古典名著が二〇〇九年に発刊された『湿原のアラブ人』（ウィルフレッド・セシジャー＝白水社）である。

一九五〇年代のイラク南部、チグリス・ユーフラテス川の合流点あたりには広大な湿地帯が広がっていた、というのだ。人々は葦の繁る岸辺からカヌーに乗って湿地帯のいたるところに点在している湖（なかには幅二十キロの湖もあった）や草原で魚や猪などを捕獲していた。いまからほんの半世紀と少し前のことであるから、その頃の写真などを見ると砂漠はまさに動いているのだ、ということを実感する。

　遊牧民でないかぎり、いかに砂に埋もれていこうが自分が生まれて育った地に信仰とともに止まっていよう、とする思考と感情はこういう歴史を知るといくらか接近できるような気がする。

『リビア砂漠探検記』（石毛直道＝講談社文庫）に出ているオアシスの記述は、読んでいるだけで体中が乾燥してくるような砂漠の旅のなかで、まるでそこを歩いている旅人のようにホッとする情景が描かれている。オアシスのあるところにはかならずナツメヤシがある。このあたりではナツメヤシを三本所有していれば人間は飢えることがないと言われている。ナツメヤシの実は長さ三〜四センチ程度の楕円形をした小さなもので中に固い種子がある。干したそれは日本の干し柿にそっくりらしい。これを食べ、ラクダの乳があれば彼らは水なしで生きていけるという。植物といったらナツメヤシしかないこの砂漠ではこの木と葉を使って家をつくる。家といっても日陰を得られればいい、という程度のものだ。

　カラハリ砂漠のブッシュメンは草を束ねて逆U字型をした家をつくる。いたって簡単な子供の遊ぶ家のようなものだが、これもそこにあるものを使って、とりあえず強烈な太陽の光を防げばいい、という考えだ。

木と藁《わら》の文明

ヨーロッパは「石の文明」だ。このことはとくに石の多いスコットランドのエジンバラやグラスゴーという都市で強烈に感じた。道路は石ダタミであるし、家は基本的に石を重ねて作ってある。日本人の目からみるといかにも重厚すぎて、さらにその造りによってえらく豪華に見えるが、国土が石だらけのヨーロッパの国の人は大昔からもっとも手近なところに石が豊富にあったからそれを仕方なく使っている、というだけで、カラハリ砂漠のブッシュメンの、三十分もあればできてしまう草の家を羨望しているかもしれないのだ。

しかし厳しい寒さの北の風土が保温効果のために面倒ながらも石づくりの重い住居をつくることを強いた。彼らの石の家の構造をよく見ると、まず石を積み重ね、家の形にしてから採光、換気のために「穴をうがつ」という構造になっている。

それにくらべて木と藁で住居を作ってきた日本人は、まず木の柱を建ててその柱と柱をつなぐようにして藁のまじった泥で壁を作っていく。いきおい戸口や窓の広い開放的な家づくりになる。ヨーロッパの頑丈で暗い家づくりと日本の明るい開放的な家づくりが、双方の極端に異なった文化やその価値観を作っている――という指摘は正解なのだろう。

先に紹介した『砂の文明 石の文明 泥の文明』では、日本は「泥の文明の国」にカテゴライズされる。住居以外の全体的な文化でとらえればたしかにそれだけの意味があると思うのだが、ぼくは体験的にいって泥の文明の典型はアジアではベトナムがもっともそれに相応しいと思う。もうひとつアフリカのマサイ族の家は泥と牛の糞をこねあわせたものを使っている。その一軒に入ったが泥と糞の壁は頑丈であり臭いなどもしない。しかし通路が異様なくらい狭いのに驚いた。ライオンなどが入りこめなくする工夫らしい。日本はさっき書いたように住居だけで見ると「木と藁」の文明で形成されている。そしてこの「木」と「泥」と「藁」の三つの環境素材をもった国が世界でもっとも安楽な条件にあるように思うのだがどうだろうか。

寄生虫は飲めばいいのか。食えばいいのか。

一万年も追い詰められて？

北極圏ばかり行っている年があった。アメリカ、カナダ、ロシアのそれぞれ北の端だ。以前からエスキモーやイヌイットと呼ばれる極北に住む人々に興味があったのだが、行って見て、いろいろ考えるところがあった。世界の辺境というのは今まで読んでいた本などの情報でかなりわかっているところもあるが、やはり実際に足を踏み入れないと本質的なところを理解できない場合が多い。何でもそうだが知識や思考より体感が優先するのだ。

まず単純なところでそこに住む人々の「顔つき」についてだ。彼らがモンゴロイド系ということはよく知っていたが、本当に日本のどこか北の寒村にでもいったような、出会う人みんなに「コンニチワ」と日本語で声をかけたいくらいに親しみのある顔つきをしている人ばかりだった。

面白いことに、同じことをパタゴニアのナバリーノ島にいるヤーガン族やオーナー族などの末裔と会ったときにも感じた。パタゴニアは北極圏と対極の位置。チリおよびアルゼンチンの最南端地帯である。そこからあと一〇〇〇キロほどで南極だ。

パタゴニアはぼくの一番好きな場所なので何度も行ったが一番最初に行った一九八三年に、そのナバリーノ島のヤーガン族の村で、血統的に純粋であるヤーガン族の最後の老人が衰弱死するときにいきあたってしまった。村が悲しみに沈んでいるところを訪れた我々を見て彼らがびっくりしているのがわかった。自分たちと顔つきがあまりにも似ているので、最初はなにかの「お迎え」が来たのか、と思ったのではないかというような彼らの驚愕ぶりであった。

それがきっかけとなり、そののちパタゴニアの先住民についての文献をいろいろ読むようになったのだが、かれらはもともとこの地のネイティブではなく「北からやってきた民族」である――ということを示唆する資料がいくつもあった。その北とはどこか。

パタゴニアは火の国とも呼ばれるが、そう呼ばれる発端はマゼラン海峡を発見したマゼランの探検船がティエラ・デル・フエゴ島のそばの海峡を通過するとき、海岸べりに沢山の火を見たからである。ヤーガン族やオーナー族は冬は零下十度以下にもなる日々に裸で海に潜って貝や蟹などをとって焚き火で焼いて食べていた。マゼランが見た「火」は彼らが食事し暖をとる焚き火の点在なのだった。

だからマゼランが世界探検をしていた一五二〇年あたりには彼らはもうここに定着していたわけである。

あきらかにモンゴロイドの系譜を継ぐ民族が南北アメリカの北と南の端に定住している、ということについて研究している本が沢山ある。それらの多くはユーラシア大陸から一万年かけて世界に移動拡散していった地球規模の旅人であった、という推論である。

『一万年の旅路――ネイティヴ・アメリカンの口承史』（ポーラ・アンダーウッド＝翔泳社）はアメリカンインディアン、イロコイ族の末裔である筆者が、人類発祥の地といわれるアフリカからユーラシア大陸を横断してベーリング海峡を渡り北米各地に分散していく一万年の人類の旅をネイティブの長老の口承をもとに詳細に綴った本だ。ネイティブアメリカンを中心にその足跡を辿っているのでそこからさらに南下していくパタゴニアのネイティブについては触れていないが、ユーラシア大陸からの旅人が一万年かけてここまで来ているのだからその分派がさらに南下したのは当然のように思える。

関野吉晴氏の〈グレートジャーニー全記録〉Ⅰ『我々は何処から来たのか』／Ⅱ『我々は何処に行くのか』（毎日新聞社）は、自身の体験をもって彼らの足跡を追い、それを確かめようとした壮大な実験旅だった。関野氏はその何年間にもわたる旅を逆から見て、出発点をパタゴニアにおき、終着点をアフリカとした。

北極圏に住む人々と南米大陸の端、もうそこから先は南極というところで、同じような顔をした民族をこの目で見てしまったぼくは、はるかとおい昔、まだベーリング海峡が長い陸の橋のようになって繋がっていた時代、マンモスなどとともに古代のモンゴル系の旅人がユーラシア大陸からアメリカ大陸に渡ってきて、北と南の端までいきついた、という説を自分の目と実感をもって知りたかった。

生活するには厳しすぎる極北と極南にモンゴロイド民族がたどり着き、そこに定住してしまった理由は何なのか、ということを知りたかった。考えられるのは「追われて」その両端にいきついた、という単純な発想だが、アメリカンインディアンや中南米のインディオも、いまいったモンゴロイドの長い旅の分派の系統に入るということになると「追われ説」には単純には頷けないところがある。

生肉族の誇り

北極圏を旅していたとき、頭のなかでは理解していたつもりだが、実際に行ってみないとそれがどんなことなのか本質的にはわかっていない、ということのもうひとつは「森林限界」という概念だった。

「森林限界」とは緯度や通常の気象条件やその地の環境条件が厳しすぎて木や草が育たない、ということだが、これは登山を趣味にしていた若い頃に、穂高や槍ヶ岳などに登ると松などは途中で這い松になり、やがてその姿を消してしまうのを見た。草なども消え、せいぜい苔ぐらいしか緑はない。あの赤道直下にあるアフリカのキリマンジャロなどもアプローチの鬱蒼とした植物帯から高度を増していくにつれてどんどん緑は消えていき、最後は岩と土だけになった。そういう体験から「森林限界」という概念は高度に対しての認識しかなかった。

しかし極北にいくと北緯六十六度三十三分以北の北極圏には草も木もはえていない、という風景を見てしまう。冬に行ったときは一面に凍結しているから気がつかなかったが、夏にも行ったのでそれがよくわかった。

それと同時に「エスキモー」という呼称についての国際的な対応と反応もわかった。エスキモーという言葉は「生肉を食う人々」という意味だ。ほんの少し前まで「生肉をくらう奴ら」というもっとさげすんだ蔑称に近いニュアンスで呼ばれていたともいう。だからそういう呼称はやめて「イヌイット」と呼ぶことにしよう、などとアメリカやカナダ政府が言いだした。イヌイットという言葉は「真の人間」という意味だ。ずいぶん言葉の意味の差があるもんだ。けれど北極圏にいくと実際そこに暮らしている人々は自分らを「エスキモー」と呼んでいる。エスキモーで別にまったくかまわないんだ、というのだ。その意味は次第にわかった。彼らは「生肉」が本当に好きだし「生肉を食う」ということに誇りさえもっているからだった。

現に森林限界をすぎて植物からのビタミンなどの栄養を摂取できない彼らは生肉を食べ、生血を飲むことでビタミンが「火で破壊されず」バランスのいい食生活を維持してきた。そしてここに重要な要素でからむのが「森林限界」である。彼らが生肉を食っているのは、それを火で焼きたくても焼く材料（木材系の燃料）がなかったのだ。そのため生で食べるしかなかった、というもう一方の問題もあった。けれどそれが彼ら民族を生き長らえさせてきたのである。

だから、肉を焼こうが煮ようが炒めようがなんでもできる幸せな温帯地方に住む多くの「先進国」の人々が「エスキモー」は差別言葉だからそれをどうこうしよう、などという立場にはないのだ、とぼくは零下三十五度ぐらいの北極海に立って初めてそれを認識したのだった。差別言葉なんてしばしばこういう構造をもっているような気がする。

現に帰国してその体験を新聞や週刊誌などに書くとき「エスキモー」と書くとかならず「イヌイット」と校正部に直された。「わたしたちエスキモーは……」と彼ら本人が言っているのに、日本ではさしたる説得力もないまま絶対使ってはいけない言葉になっているのだった。

動き回るサプリメント

カナダエスキモーのアザラシ狩りに同行した。村からすぐ近くの北極海の氷の上だ。彼らは氷海のアザラシの呼吸穴のそばにじっと待ってアザラシが息を吸いに顔をだす瞬間に捕獲する。氷の上にひっぱりあげたアザラシはすぐに解体する。零下三十度ぐらいの大気の中では死んだばかりのアザラシの体内のほうがずっと温かい。素手でナイフを握って解体するにはアザラシが凍ってしまう前にそういう作業をしたほうが楽なのだ。

一メートルぐらいの小型のハイイロアザラシだった。仰向けにしてお腹をまっぷたつに裂いていく。北極海に生きる海獣の皮の下の脂肪は厚い。それをめくりあげていくと脂肪の下の筋肉のあいだにイモムシ型をした三センチぐらいの寄生虫がいて、これが生まれてはじめて外気に触れたものだからびっくりしてモコモコとけっこうなスピードでめくりあげた脂肪と筋肉の隙間の奥に逃げていく。エスキモーはその寄生虫を目にもとまらぬ速さでつまむと次々に食べてしまった。

おお。ぼくはこれまで世界各国でかなりいろんなものを食う民族を見てきたが、寄生虫を「生食」する光景ははじめてだった。カメラをむけながらかなり驚いたが、しかしエスキモーのその動作があまりにもあっけらかんとしているので、やがて思考の回転が変わった。「寄生虫＝よくない」という常識的概念がよくないのだ。

便所のウンコのあいだをくねりまわっているウジムシではないのだ。しかも寄生虫というからには宿主の養分をたっぷり搾取した栄養豊富な「生物」と考えたほうがいい。

ただでさえ食のバラエティの狭い彼らなのだから、これは少し味の違った補助栄養生物、と考えればよさそうだ。たとえば我々の世界でいうサプリメントと考えればそんなに違和感はない……あるか！　しかもやたら活発に「動きまわるサプリメント」だ。ちなみにエスキモーはアザラシの腸の中身も吸う。試してみたが味はシオカラふう。その海域のアザラシはタラを主食にしていたからタラのシオカラを想像してもらえばいい。ビールでもあればそこそこオツな肴《さかな》になるがドライビレッヂ（禁酒エリア）なので氷上で一杯、などという余裕はない。

夏に行ったときはツンドラの氷もとけて、カリブー猟の季節だった。カリブーは野生のカモシカ。大きいのは一〇〇キロぐらいある。群れをつくって、ツンドラの上にうっすら生えたせいぜい三、四センチぐらいの雑草や苔を食べるためにかなりの距離を移動していく。それを狩る猟師たちと同行した。

撃ち倒したカリブーは一時間ほどおいてから皮をはぎ、やはり生肉のまま食う。エスキモーのみならずあらゆる肉のなかでカリブーが一番うまい、という人が多い。

日本は明治の頃にやっと肉を食いはじめた肉食後進国だから、いまだに松阪牛が一番、などといっているが、じつは世界の肉ランクのなかで牛はそんなにたいしたことはない。国によっていろいろ違うが豚のほうが上だったり羊のほうが上だったりする。鶏や鴨などのランクもかなり高い。そのなかでも欧米ではシカ系の肉がいちばん上になるだろう。

日本はその点、世界で一番遅れていて、いま日本各地で異常繁殖している野生の鹿を「害獣」指定し、撃ち殺して捨ててしまうという野蛮なことをしている。最近ようやく鹿肉を食卓へ、という食品としての流通の動きが出てきたけれど「え？　鹿の肉食べられるの」などというのや「可哀相」などという人がけっこういて、これは肉の国際マーケットでは異常な感覚だろう。そして（最高の味といわれる）野生のカリブーを生で食べるエスキモーは世界で一番贅沢な「肉食い民族」なのだ。

一〇〇キログらいのカリブーには五、六キロの重さの胃袋がたいていマンタンになっている。エスキモーはこの胃を切ってそこからドロリと流れ出てくる半分ほど消化された緑色のおかゆのような内容物をカリブーの肉になすりつけて食べる。

夏になってやっと生えてきた北極圏では珍しい植物である雑草や苔だが、これはどれも短すぎて人間にはなかなか採取できないシロモノだ。カリブーならその歯で嚙み切り、食べることができる。人間はカリブーの食餌循環を利用して、夏にはじめて植物系の（新鮮な？）ビタミンを摂取できるのである。

モンゴロイドの食物摂取の行動には勇気と実益がともなう。それは同じ一万年の旅人であるネイティブアメリカンの祖先にも共通している。たとえば『スカトロジー大全』（ジョン・G・ボーク＝青弓社）に紹介されているアメリカンインディアンの食性もかなりワイルドだ。

カリフォルニア南部のネイティブはピタハヤという巨大なサボテンを食べるがこれにはやはり巨大な種があって人間の体内では消化されず粒のまま出てくる。これらを自分たちの大便からかき集め、中から種子を取り出してそれをあぶってすりつぶして食べるという。一粒で二度おいしい。

——などとは書いてなかったが……。

同じくモサギュイ族は、牛乳に新鮮な牛の糞をまぜて火にかけおいしいスープにするという。こういう話は枚挙にいとまがない。

『図説　排泄全書』（マルタン・モネスティエ＝原書房）などを読むととくに動物の排泄物の利用は世界の多くの民族がやっていたようだ。そこには夥しい排泄物利用の話が出てくるが、ぼくがいちばん驚いたのは先ほど書いた北極圏のアザラシの寄生虫を食生活のなかに組み入れているエスキモーの実態を見たときだった。それにくらべたら動物の糞を味つけにする、などという食性はきわめて当然のことのように思う。

魅惑の悪魔「巨大スーパー」

話は少し変わるが、北極圏でもチャーチルとかポンドインレットといった人口五百人ぐらいの村には、いまはアメリカやカナダの都市部にあるような大きなスーパーが進出していて、これまで長いあいだアザラシやトドやセイウチなどを主食にしていたエスキモーやイヌイットが急に都市の人が食べているのと同じ夥しい種類の加工食品（四万七千種類あるという＝添加物超満載）をむちゃくちゃに食べるようになってきた。流行りのビッグマックもあるし、コーラの二リットル入りもある。巨大スーパーが進出しはじめたのはこの十五年ぐらい前というが、彼ら極北民族の食生活はそれによって一変したのである。かれらの体も一変した。簡単にいうと一気にメタボが増えてきたのだ。その原因は食生活がアメリカ的になってきた、という理由しか考えられない。

スーパーとメタボの因果関係の立証は難しいけれど、その年、北極圏ばかり行っていた最後はロシアのチュコト半島に居住しているユピックという、やはりモンゴロイド系の極北民族が住む場所だった。そこはあまりにも辺境なのでスーパーはおろか日用品を売る店すらない。だから人々は相変わらずむかしながらの海獣の生肉食を貫いており、それがためかどの人もみんな健康そうな筋肉質のスリム体型だった。

同じ年に横断的にこれらの違いを見てきたので、食と健康をめぐるわかりやすい因果関係をある程度見てしまったような気がする。

巨大スーパーに並ぶ夥しい種類の食物を無尽蔵に食べている温暖地帯の先進国の人々（我々もそうだ）よりも、生肉やその胃や腸の中身や寄生虫を食っている極北に住む人々のほうが基本的に健康のようだ、ということである。

欧米の人々は太りすぎの対策のためにあえて寄生虫を体内に摂り入れる、という情報を得てそれにくわしい人に取材した。それは噂だけかもしれないが、本当の話なのかもしれない。取材した人のなかの一人はぼくの尊敬する医学博士の藤田紘一郎・東京医科歯科大学名誉教授である。

それは本当の話、ということをまず写真入りの資料で確認した。「美」の価値をとにかく優先するスーパーファッションモデルなどという人をはじめとして、肥満体の対策、花粉症や各種アレルギーの治療、など様々な理由で世界にはそういう究極の人体実験的治療に寄生虫を利用する人がまさしく沢山いるようなのだ。ぼくはその話を聞いて、少し前に取材で目のあたりにした、活力や栄養のために寄生虫を食うエスキモーやイヌイットの姿がダブってきた。どっちがどうとはいえないが「人間って凄い！」というある種の感慨であり、寄生虫の利用のしかたとしてはどっちが「素晴らしい」のだろう、という戸惑いだった。

教授は現代人の食生活の異常進化と連動して、日本人が病的といってもいいほど清潔病にかかっていて、それによる現代病を沢山抱え込んでいる、という持論のもと、自分の体を使いながらさまざまな実験をしている。

そのひとつに「寄生虫との共生」というテーマがある。たとえば藤田教授は侵入してくるケミカル的現代病の防護策として、みずからすすんでサナダムシの幼虫を飲み、体内でそれを育てて、現代病と寄生虫の関係を調べている。藤田教授の飲んだサナダムシは日本海裂頭条虫という種類のものだ。

体内にはいると一日で二〇センチほども成長し、大体六〜七メートルぐらいになる。そして一日に百万個のタマゴを生み、寿命は二年と少し（この種類のサナダムシは寄生している宿主の体内では卵が孵化しない）。

サナダムシは貪欲で人間の食べるものを腸のなかでどんどん食べていく。とくにカロリーの高いものが好きなので、それが宿主のダイエットに有効作用する。さらにサナダムシは宿主の体内にいろんな物質をだしてアトピー性皮膚炎とか花粉症とか小児喘息といったむかしは無かった免疫系の病気の原因になるものを排除する作用をする——といわれている。

インドネシアのカリマンタンのドロのような川に依存している人々のそばに住み、

長期に取材していた教授は、この地区の子供にアトピーとか花粉症、小児喘息などがまったく存在していない、ということを確認した。

ぼくはメコン川で同じことを知った。上流から下流まで約四〇〇〇キロを旅したが、インドシナ半島にもこれらの「現代病」は存在しなかった。なにしろそういう病気の言葉さえなかった。これは住民に回虫などの寄生虫がいるからだ、というのが教授の実践的な研究分析だ。これを医学的なメカニズムとして説明してもらったのだが、ぼくにはいささか難しく、ここにその解説を再現することはできない。教授の本を読んでいただきたい。

藤田教授の研究室にいくと棚のよく目立つところに「キヨミちゃん」と名づけられた藤田教授の腸の中に入っていたサナダムシがきれいに全身保存されている。二年と少しの寿命だから、その他、ヒロミ、サトミ、ナオミ、マサミと十五年で五代目まで続いて教授の腸のなかに育ち、教授を守ってきているのだ。

スケールの大きい膨大な著書を残したライアル・ワトソン（オランダ、ドイツ他数カ所で学び九つの学位を受けた博学の冒険家）も、辺境地への長い探検旅行をするときに事前にサナダムシの幼虫を飲んでいく、という記述をいたるところで見る。

けれどサナダムシにもいろんな種類がある。主にブタが宿主になる有鉤条虫《ゆうこうじょうちゅう》という種類のサナダムシは卵が体内でどんどん孵化していくので体中がサナダムシだらけになってしまい、それが脳に行ったら死んでしまうという困った奴だ。

こんな話を聞くと、うっかり肉も食えなくなるような気分になる。ぼくも辺境へ行くことが多いけれどサナダムシを体内に入れてまでは……という気持ちがあるから藤田教授にむしろ寄生虫の「予防法」を聞いた。

すると意外な答えがかえってきた。

いわゆる日本のサナダムシは鮭、鱒系の魚が宿主なので、むかしは北海道にその被害が多かったが、いまはその北限がどんどんあがっていて、北海道をとおりこしてオホーツクまでいかないとなかなか新鮮なサナダムシの幼虫は摂れない（！）という。

サナダムシを宿す過程は、まず川の上流で成虫のサナダムシを持っている人が大便をする。一日百万個（！）のタマゴが同時に排泄される。それをケンミジンコが食べる。そのミジンコを鮭、鱒系の魚が食べると体内で幼虫になる。だからサナダムシがほしい人はそれらの鮭、鱒系の魚（サクラマスなどが効率がいいらしい）を生で食う必要がある。つまりは刺し身だ。けれどそのときしみったれて一センチなんて厚みで切らないで思い切りよく三～五センチぐらいの厚みのある刺し身にしてできるだけ噛まないで呑み込む必要がある。サナダムシの幼虫を先生の研究室で見せてもらったが二センチぐらいはあり、噛んでしまうと分断されてしまうおそれがあるからだ。

いやはや。結論は、国内では超偶発的な必然が「ラッキー」に重ならないとサナダムシが体内に入ることはない、ということだった。喜んでいいのは我々一般の人間で、体重二百キロ超えで悩んでいる人にとってはもどかしい話なのかもしれない。

肥満という名の快楽

体重〇・五トンの男

アメリカにいくと、東海岸でも西海岸の都市でもとにかく巨大な人（ニンゲン）が目につく。ぼくが子供の頃、日本で見るアメリカ人はみんな背高ノッポというイメージだったが、現在は単なる巨大な人（要するにデブ）な国の人だ。

空港から街まで、地下鉄からレストランまで、どこへ行ってもこの国の人は男も女も、どうしてこんなにまで太ってしまっているのだろう？　という素朴な疑問でいっぱいになる。他の外国でも風景のなかに一人や二人の極端なデブは目に入るものだが、アメリカの場合は突出してデブの含有率が高い。エスカレーターなどに乗ると、前にいる三〜四人が全部エスカレーターの幅いっぱいになっている。日本だと通常はエスカレーターの端に体をよせ、とりわけ急ぐ人のためにスペースをつくってやる習慣があるが、アメリカでは誰かに追われて逃げるのにエスカレーターに乗ったらアウトだなという状況判断が働く。どうしてアメリカはこんなにデブが多いのだろう。

『「成人の3分の2が太りすぎ！」という超大国の現実　アメリカン・スーパー・ダイエット』（柳田由紀子＝文藝春秋）は、その謎を解く壮絶に面白い（興味深い）本だ。

冒頭に衝撃的なエピソードが紹介されている。二一八キロという太りすぎの女性が六年間もソファに座ったまま生活していたために、皮膚とソファの生地が癒着してしまった。病院に運びこまれたがソファにくっついたまま死亡してしまったという。この本には書いていないが排便はどうしたのだろう？　という疑問をもつ。想像だがおそらくソファに穴をあけてその下に特大のオマルなんかを置いていたのではないだろうか。家族もタイヘンだ。

もっと凄い人がいる。一九九六年のこと、ニューヨークの自宅で暮らしていた体重およそ五〇〇キロの男性が呼吸困難になり、病院に担ぎ込まれた。けれど家を出るときドアから出られずレスキュー隊がドアの周辺をガンガン壊してフォークリフト（！）でやっと病院まで移送することができたのである。

体重〇・五トンの男だ。幸いこの人は命はとりとめ、その後何度かダイエットとリバウンドを繰り返しながら今は（いくらか体重軽減し）生存しているという。

この本はこうした驚愕のエピソードから、このアメリカの、まあはっきり言えば異常なるデブ化社会の実態をわかりやすく書いている。

ところで、冒頭からしきりにぼくは「デブ、デブ」と書いているが、この本を読むとアメリカではデブがあまりにも多いので、デブ（fat）は差別語でもなんでもない、と書いてあるのだ。この本の著者は日本の大手出版社、新潮社で雑誌編集にたずさわり、渡米してアメリカ発のレポートをいっぱい書いている。いわば第一線のジャーナリストであり、日本の女性であるから、アメリカにいくと日本人なら誰でも驚く「驚異の肥満国」に、これはいったい何なんだ？　の素朴な疑問を、わかりやすい視点とその文章で追究している。

アメリカの疾病対策予防センターの報告によると、アメリカ人の三分の一以上が肥満状態という。数にしておよそ七千二百万人。また公衆衛生総監室によれば肥満が原因で死亡する人が年間およそ三十万人という。これはもう本当に「まとも」じゃない。

肥満の世界ランキング

けれどこうした肥満問題はアメリカだけではなく、世界各国でいまや大きな問題になっている。実際にいろんな国を旅しているとロシア人だって中年以降の親父の腹のでかさといったらない。女性はお尻が信じられないくらい巨大で、飛行機の通路幅いっぱいになっている人を何人も見る。いや客室乗務員である中年のおばさんがまっすぐには歩けなかったりしている。

「ロシアの女性は十七歳の誕生日の朝食までこの世のものとも思えないくらい美しいが、その翌日の朝飯を食ったあとからどんどん巨大化し、中年から老齢になるとその怪物的拡大率からこの世のものとも思えないくらい醜くなる」という定番ジョークがある。これはぼくが実際にロシアを旅していたときロシア人から聞いた話だ。

ロシア人と体質の似ているドイツ人もずんずん巨大化しているし、ブラジルへ行けば中年以上の男女はたいていはちきれそうになっているし、一時期「小錦」など大相撲の力士が数多く輩出したポリネシア、サモアあたりの男女ものっしのっし系の人々がざらにいる（横綱「曙」はポリネシア系ハワイ人）。

新潮文庫＊今月の新刊

わが最高傑作にして、
おそらくは最後の長編。

モナドの領域

毎日芸術賞受賞

筒井康隆

河川敷で発見された片腕、
不穏なベーカリー、
全知全能の創造主を自称する老教授。
著者がその叡智の限りを注ぎ込んだ
歴史的傑作。

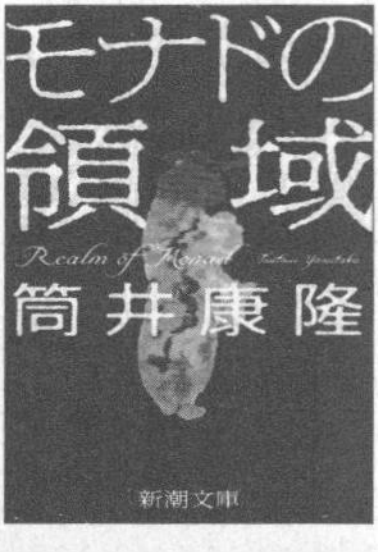

649円
117156-2

今月の新刊

2023.1

「OECD HEALTH DATA 2012」の「肥満比率の各国比較」によると高い順にアメリカ・メキシコ・ハンガリー・ニュージーランド・イギリス・チリとなっている。男女比も出ているがアメリカは男女とも突出して不動の世界一、しかしメキシコは断然女のほうが多く、ハンガリー・チリも女性のほうが多い。

アメリカで肥満の目立つ人にはかなりヒスパニック系の女性がいるのはたしかだ(それに黒人の肥満が数値をあげている：Statistical Abstract of the United States 2011)。でもこのデータでぼくがよく行くチリが肥満国上位であり、とくに女性が多い、というのは実際の感覚とはちょっと違っているが、これは全土的な平均なのだろうから当然データが正しいのだろう。

この先進国のデータは三十六カ国だが、日本はその最下位である。一ランク上が韓国。

国際比較のデータ、ランキングで日本が上位に位置する項目は近年たいへん少なくなったが、このデータだけは「最下位日本」というのは大変よろこばしいことだろう。

肥満産業の拡大

なぜ世界中の人が太るのだろうか。という単純な疑問がある。先進国はなんでも自由に手に入るので「食べすぎるからだろう」ということは簡単に想像できるが、後述する事例では途上国の人々も肥満が問題になってきている国がけっこうあり、豊かな経済だけが原因とは言えないようだ。

「ナショナル ジオグラフィック」二〇〇四年八月号の「肥満」特集に、アメリカ人はみんな食べすぎである——という記事のなかで、その量も多いが食べすぎている「内容」の問題も指摘している。

まず量のほうだが一九七〇年、アメリカ人は一人あたり年間六七九キロを食べていたが二〇〇〇年には八〇五キロに増えている。増えた食物で一番多いのは穀物だが、ここでいう穀物とは小麦粉からとれるパスタやトルテーヤ、ハンバーガーのパンの部分などの「加工穀物」で肥満素材としては精製された白砂糖と殆ど変わらない。野菜も三十年の間にだいぶ食べるようになったがそれのうちの多くは栄養価の乏しいレタスや、やはり太るポテトチップスやフライドポテトだ。

簡単にいうとアメリカ人は、とにかく太る食物を沢山食べるようになった、というなんとも「処置なし」の状態になっているわけで、世界一の肥満国家への構図は呆れるくらい単純なのだった。

さきの『アメリカン・スーパー・ダイエット』の五〇〇キロ男の朝の普通の食事は、五〇〇グラムのベーコンに卵十二個ぶんのスクランブルエッグ。夕食はポークチョップだったら二十二個から二十四個、それにマッシュポテト五〇〇グラム。マクドナルドでの通常オーダーはビッグマックが六個から八個、ラージサイズのフライドポテトが四袋、チキンナゲット三箱、アップルパイ六個。飲み物は毎日コーラの二リットルボトル八本がアベレージだった——という。むかし絵本で読んだ動物園の何かの巨大動物が一日に食べるもの、なんていうような話を思いだした。

三人に二人は太りすぎで、その半分の三人に一人は肥満の国では、必要に迫られていままで無かった商品が沢山作られるようになり肥満商品産業のようなものが急成長している。たとえば飛行機に乗るときは通常のシートベルトではもう届かないからエクステンダー（伸張ベルト）を買って自分で取り付ける。航空会社によって仕組みが違うからまだ飛行機になんとか乗れるレベルのデブはそれらの各航空会社対応のものを用意しなければならない。これはよく売れているそうである。手が届かないので長いスティックの先に爪切りのついた遠隔操作式（植物の剪定に使う刈り込みバサミのような）グッズや排便のあとに手が尻に届かないのでこれも長い把手のついた遠隔拭き取り器具。などを使ってなんとか自活できるデブはまだいいとして、肥満による高血圧や糖尿病の専門病院となると、入り口の幅からエレベーターの大きさも特大にしなければならないので全体の設備投資がやはり倍になる。車椅子も通常の倍以上、ベッドは横幅が一六五センチもあるという。

こうしたところに入院しなければならないほど肥満して重度の病気になっていく人が沢山いるのもアメリカであり、そういう重度の病気になったデブを受け入れられる医療施設がちゃんとある、というのもまさにアメリカなのだ。

こうしたデブ対応の商品から施設まで、どんどん需要が増しているからデブ市場、デブ産業も急速にデブ化、いや拡大成長しつつあるが、忘れてはならないのは、アメリカ人をデブにしていった、たとえば人間を太らせる食品加工産業がその前に急成長してきたことだ。そして当然ながらこの「デブ対応、対策産業」の巨大化がそのあとに続いている。

つまり「痩せるための産業」である。たとえばもうエクササイズなどではどうにもならなくなったデブは、体についた脂肪分を外科的に切除してしまう、なんていう手術もしている。『アメリカン・スーパー・ダイエット』には巨大化したお腹が重力によって膝のあたりまでたれさがってしまった女性の写真が出ている。ちょっと見ても何がなんだかわからない。その写真の下に九〇キロも切除したその女性の写真が出ている。切りとって九〇キロ無くした体は残念ながらそれでも写真で見るかぎりまだ超デブなのだったが。

肥満は簡単になれる

それにしてもアメリカ人のこうした超デブはなぜ増え続けていくのだろうか。アメリカの街を歩いていると背中の皮膚の内側に布団を背負ったような超デブのおばちゃんがのっしのっしと人間ばなれした横揺れ状態で必死に前進していくのをみる。「なんでこんなになにまでなる前にこれじゃヤバイ！　ということに気がつかなかったのだろうか」という素朴な疑問をもつ。ソファの繊維と一体化してしまった女性についてもそういう疑問をもつ。

『あなたは、なぜ太ってしまうのか？　肥満が世界を滅ぼす！』（バリー・ポプキン＝朝日新聞出版）はアメリカ人、中国人、ロシア人、ブラジル人、フィリピン人などの生活ぶりや食生活の変遷を長期にわたって研究してきた結果を分析している。

ある項目で、それぞれの国の人が、たとえば食事をとるのにどのような労働（食物を得る労働、作る労働）を必要としたか、ということを過去と現在で比べている。

国によってそのスケールや内容に大きな幅はあるものの、たとえばこの五十年でどの国もそうした労働軽減のための家電製品の導入や、軽便化された環境的な労働改善（水くみなど）が進んできた。同時に食べるものの変化が劇的に進んだ。

たとえば一九八〇年代のインド人のある家庭の朝食は、チャパティ（パン種を入れないパン）、ヨーグルト、煮たレンズ豆、飼っている牛や水牛からとれるギー（バター）であった。その一家は全員痩せすぎと思えるくらいの体格だった。

二〇〇〇年代のインド人の朝食はバナスパティ（植物油）をたっぷりつけたチャパティとヨーグルト、ダル（豆）、目玉焼き。夕食は数日おきにチキンかポークを食べる。この一家の子供はもうすでに下腹が出ていた。

でもインドのこのようなここ二十年の食卓の変遷はわずかなものである。

同じ期間にみてきた先進国の食事は、作るという工程がなくなり、殆どのものがスーパーなど買ってきたものによっていた。

この著者は沢山の事例を見ながら、ファストフードや加工食品が簡単に手に入るようになってしまった今、自分の食物を得る労働がなくなってしまったこと。食事以外の家事（洗濯や掃除、食器洗いなど）に労働力を使わなくなっていること――などがアメリカ人の生活を根底から変えてしまった事実をただ指摘するのみである。あとはそれぞれで考えよ、ということなのだろう。

「今日、世界で一六億人以上が肥満とされ、二億三〇〇〇万をゆうに超える人々が糖尿病を患い、一五億人以上が高血圧症だという。一九五〇年代に、肥満と言われる人々は一億人以下で、そのうち糖尿病と高血圧症の患者数は二〇分の一だった。この半世紀のあいだに、どう食べ、飲み、動くかに急激かつ広範な変化が起きた。われわれは肥満の世界に住んでいる。それは数千年に及ぶ進化の産物である人間のからだが、こうした変化についていくことができないからである」（『あなたは、なぜ太ってしまうのか？』）

先のＯＥＣＤのデータにあるように世界の肥満度ランキングで日本は主要三十六カ国で最下位、つまり一番肥満度が少なかった。

ここに平成二十年版の食育白書のデータがある。各県別による肥満度のランキングである。ダントツの一位は沖縄だった。これは男女とも同じ。他の県はいわゆるドングリの背くらべ。

沖縄にいくとたしかに太っている人を見る率が高い。その理由はいろいろ言われているが、この県にもっとも早くアメリカ発の加工食品やファストフードが到達したのは確かである。北極圏の人々の変化と同じようなものがここで進展していったのではないだろうか。沖縄にすむ人々はアメリカの基地やオスプレイなどと一緒に、えらく迷惑なアメリカ病にさらされてきたのかもしれない。

かつて長寿県一位の「沖縄」の男女あわせたランクはいまやどんどんさがってしまっている。アメリカ発のファストフードや濃厚加工食品がどんどんスーパーに溢れている現在、本土も急速に沖縄のそれに近づいている、と見ていいんじゃないだろうか。

眠れない人、眠らない人

ひねくれた不眠症

ぼくのここ何年もの悩みといえば「不眠」である。それについて継続したカウンセリングや治療は受けていないので、本当の「不眠症」なのかどうかはわからない。いろいろな本を読むと、そもそも「不眠」の原因や、それ以前の「眠り」のメカニズムがまだ明確にはなされていないようなので、自分のこういう状態がどれほどのリスクを抱えている病的なものなのか、ということについてもよくわからない。

単に「寝付き」がしぶとく悪い、というだけなのかもしれないが、それにしてはムラが多い。眠れない、ということに神経質になって焦ると精神的にさらに眠りからどんどん遠のいていき、悶絶していくような気もする。一時期はそれが怖くて夜が更けてもベッドに接近するのを意識的に避けているようなときがあった。

　とはいえ眠れなくて悶絶しているうちにもいつしか寝てしまっている。カーテンの隙間から夜がしらじらとあけてくるまで起きていたのを記憶していることも多いから当然起きるのが遅くなる。寝坊である。こういうとき、つくづくモノカキという自由業でよかった、と思う。勤め人だとこんな悠長なことは言っていられないものね。

「不眠」に悩んでいる人は近頃どんどん増えていて、いまは五人に一人はそれに苦しんでいるという。原因はそれぞれだろうが、サラリーマンが多数占めているというからおそらくストレスが大きいのだろう。

　モノカキにも不眠症が多いと聞く。これは、夜、原稿仕事をしていると、どんな文章でも（たとえばぼくのようなぐうたら文でも）書いているときはそれなりにコーフンしているから、もの凄い大作を書いている人などはアドレナリンが噴出しまくりで、書きおわっても一〜二時間は眠れないだろうな、ということはよくわかる。

　ぼくは主治医である精神科の医師と相談の上、いくつかの方向性が異なり、また強弱も違う「睡眠薬」を処方してもらい、そういうときに飲んでいる。軽く考えれば「頭痛薬」とか「胃痛薬」のようなもので、その症状が現れたとき、現れそうだという予感があるとき、それら作用の異なる「睡眠薬」の種類を自分で判断して服用している。そういうことが二十年続いているのだ。その二十年のあいだに、ゆるやかなウエーブを描くように自分のこの症状に「強弱」がある、ということに気がついてきた。簡単にいうと、同じ薬を飲んでもすぐ「効く」ときと「なかなかしぶとく効果がない」ときがある、ということである。そしてこれには一定の周期がある。

一番顕著に「効かない」状態が出るのは一月から二月頃を頂点とする冬で、これもそれらに関連する書物から知った言葉でいえば「冬季鬱《うつ》」の時期と一致する。

冬は部屋を暖かくして、よく乾燥したふかふかの布団にもぐり込み、あらゆる精神的拘束や鬱屈から解放され、一番条件的に安心して眠りに入れる時期であるのに、ぼくはこういう「安穏たる」状況がむしろストレスとなるのである。

贅沢というかひねくれているというか、まことに困った症状で、これもカウンセリングのときに訴えたのだが、ぼくの状態が（本人が申告しているほど）深刻ではないと見てとられたのか、直接的にそういう症状に対応するアドバイスや治療のプランはもらえなかった。たしかに、ぼくは、ぼくを知る読者などから「不眠症」などというデリカシーにからむ問題からいちばん遠いヒト、と思われているフシがある。

オアシスはうるさい

なるほど、思えばこれまで外国などへの長い、そこそこ冒険的な旅に出るとき「不眠症」はあまり気にならない日々をおくっていた。毎日移動する旅などになると、その日によっては廃屋のようなところに泊まるしかなく、しかも電気も水道もない。隙間からいろんな虫などが入ってくる、という普通の感覚でいえばたいへん条件の悪い場所であればあるほどぼくはアマノジャクのようによく眠れたりするのである。

それは移動によって毎日とことん疲れている、ということも大きく関係しているはずだ。さらに夜更かししていても電気がないとヘッドランプで文庫本などを読むしか時間の過ごし方がなかったりする。それですべて「諦める」ことになる。外に強い風が吹いていたりすると、かえってそれが睡眠の導入効果になったりする。自然の音、というのは睡眠の一番の味方なのだ。

けれどどこんな例もあった。以前タクラマカン砂漠を楼蘭までいく「日中共同楼蘭探検隊」の一員として砂漠を旅したとき、途中にオアシスがあるとそこにキャンプを張る。ある大きなオアシス(ミーラン)に泊まったときだ。ここはあんがい沢山の人に沢山の家畜がいる。野良犬なども夜更けに群れをつくって走り回っている。オアシスの夜というのは一番快適な眠りを得られる環境ではないか、と思ったが大間違いだった。動物たちが実にうるさいのである。あのように自然そのままの環境に育った動物たちというのは本能的に原始に呼び戻されるのか、豚や羊などは夜のほうがコーフンしひっきりなしに鳴いている。刺激されてロバや牛もさわぎ、犬や鶏が競うようにして鳴き続ける。音の性質は違うが街の夜よりもオアシスのほうがはるかにうるさく、寝入るまで苦労したほどである。

こんなふうに外国および国内の旅なども合計するとぼくは作家のなかでは野外のテントをはじめとしたひどい条件のところでもっとも数多く寝ているヘンな奴だと思うのだが、結果的にいうとこの野外のテントや廃屋のようなところでの睡眠が一番快適なのである。

だから、清潔で安全な都会の自宅の自室でぬくぬくしたベッドにもぐり込んで「眠れない」などといっても、カウンセラーさえ、あまり真剣にその苦しみを理解してくれなかったりする。苦しみの真実を理解してもらえない、というもどかしさは当然ながらある種の悔しささえ感じる。やはり、ひねくれた「不眠症」男なのだ。

けれど「不眠」「不眠」とさわいでいるが、人間、歳をとってくると必要な睡眠時間はどんどん減っていくそうだ。睡眠による脳とか体の休息が若い頃ほど必要でなくなっているから、ということと「眠り続ける」には体力がいる、という寂しい話を最近はじめて知った。

「ナショナル　ジオグラフィック」二〇一一年七月号に面白いデータがあった。「動物の睡眠時間」というコラムで、それを見ると哺乳類ではウマが二・九時間と一番短い。場合によっては半日ぶっ続けで走らされたりするのにそんな睡眠時間で大丈夫なのか。人ごと、というかウマごとながら心配になる。次いでウシが四時間。三位がなんと人間で八時間。ウサギが人間より少し多く寝てチンパンジーが九・七時間。キツネが九・八時間。イヌは十・一時間でネコは十二・五時間。まあたしかにあいつらは暇さえあれば寝ているものなあ。このなまけものめ。ウマを見習いなさい。ライオンはさらに悠長で十三・五時間も惰眠をむさぼっている。トビイロホオヒゲコウモリはサカサになりながら十九・九時間も寝ている。なんちゅう奴なのだ。

このコラムの解説によると動物はエネルギー効率と安全のために睡眠時間をさまざま工夫しているからこういう結果になるのだ、という。ペットとなっているイヌやネコがいつまでも寝ていられるのは人間の庇護のもと「安全」が約束されているからだろう。果して安全かどうかわからないサバンナで十三・五時間も寝ているライオンは、寝ていてもその存在感が「安全」、という好条件によるようだ。ゾウがあの大きな体なのに一日に三時間ほどしか眠らない、という。これは警戒のためではなく、あの巨体を維持するために絶えずなにか食べている必要があるからだという。寝る間も惜しんで食っている、というわけだ。そういえば人間だって太っている人は絶えず何か食べている印象がある。太っている人間も体力を維持するために、より多くの食べるための時間が必要で、代償として睡眠時間は短くなっているのだろうか。

致死性家族性不眠症

最近ぼくにもわかってきたのは「不眠」の原因には「外的環境」と「内的環境」がある、ということである。野外のテントなどのほうが安眠できる、というのは外側の環境が厳しいから、内側のたとえば仕事や人間関係のストレスなどが心にしのびよる隙間がない、というコトがあるのではないだろうか。

冬の夜の暖かくて快適な寝室で寝ると、外側には危険は何もないから、心の内側にある精神的な不安や問題が次々とふくらんでいって脳を刺激し、安眠を妨げる、というような仕組みの差があるような気がする。

一番質のいい睡眠は、季節を問わず、午後に疲れてちょっとベッドに横になっているうちに、気がつくと寝入っていた、というやつである。まあ簡単にいえばヒルネ。これは体と精神にとてもいい作用をもたらしているな、ということが感覚的にわかる。第一、ヒルネができる、というのは条件的にとても贅沢なことである。

スペインというとシエスタと呼ぶヒルネが社会習慣となっている、と聞いていたがナショジオ二〇一〇年五月号の特集「眠りの神秘」を読むと、これまでシエスタによって仕事の生産性があがり、心臓病のリスクも低下するという利点があったが、近頃は昼休みに帰宅して昼寝をとるほど職場と自宅が近くにある人は少なくなり、この習慣も次第に一般的ではなくなっているらしい。さらにこの特集には「不眠」に関する驚くべき奇異な事例が出ている。

アメリカ陸軍で近接戦闘の訓練を担当しているディングスという女性兵士は、四段階ある戦闘訓練レベルで「レベル2」を教える資格を持っている優秀な兵士だ。レベル2とは同時に二人の襲撃者を相手に戦うことができる階級をしめす。

しかし、このディングスは「致死性家族性不眠症」の遺伝子を継ぐ家系の出身なのだ。

「この病気の主な症状は眠れなくなること。まず昼寝ができなくなり、やがて夜間の睡眠が途切れ、ついには全く眠れなくなる。通常は50歳代で発症し、発症後1年ほどで、病名が示す通り、死に至る」

という恐ろしい病気で、世界にもこの遺伝子を継ぐ家系は四十家族しか知られていないという。この病気の原因はプリオンと呼ばれる異常なたんぱく粒子が脳にある視床に蓄積されるからだと考えられているが、プリオンがなぜ蓄積されるか、という段階から原因はまだ不明という。

こういうレポートを読むと、わが「不眠症」など殆ど不眠のレベルにも至っていない、ということを知り、にわかに恥ずかしくなる。

人間が眠らずにどのくらいの時間耐えられるか、という実験はナチスが行っているが、『歴史を変えた⁉ 奇想天外な科学実験ファイル』（アレックス・バーザ＝エクスナレッジ／『狂気の科学者たち』新潮文庫）では一九六三年にアメリカのサンディエゴ高校のガードナーという生徒が十一日間、二百六十四時間眠らなかった実験を紹介している。

実験者も被実験者も高校生で友人同士だった。その変化をみると、二日目に頭がぼんやりして集中力がなくなり、三日目には怒りっぽくなり、四日目には小さな悪魔たちが目の裏でけんかをはじめている幻覚をみる。さらに日がたつにつれてロレツがまわらなくなり、頻繁にめまいがし、目の焦点がなかなかあわなくなった。実験者の友人たちはガードナーにつきっきりで（トイレに行っても常に話しかけ）絶えず刺激をあたえ、ずっと話しかけていた。横になるとガードナーはすぐに眠ってしまいそうだったという。そして無事二百六十四時間の世界記録を樹立した。

けれどその十三年後の一九七七年に、英国のモーリーン・ウエストンがロッキングチェアに座りながら四百四十九時間（！）眠らないという記録を残し、断眠世界一になっている。

人間が最長どのくらい眠らずにいられるか、ということはまだわかっていないらしい。

人類は紀元前から格闘技が好きだった

深夜の十五分

ＣＡＴＶを入れているが契約しているのは「サムライＴＶ」一局のみ。もったいないが、ほかに見たい局がないんだからまあしょうがない。「サムライＴＶ」はプロレスやシュートボクシングなど格闘技専門だ。

これはぼくの仕事の性格と関連している。いや、格闘技——がではなく、番組の性格とぼくの仕事のリズムがちょうど都合いいのだ。

ほぼ毎日長いのや短いのや、いろんな種類の原稿を書いている。

当然ながら書き続けていると疲れ、ときに気分転換したくなる。昼なら近くに散歩にでるが午前三時などというとパトロールの警官に職務質問されかねない。原稿執筆もまた格闘技みたいなものだ、髪の毛ボサボサ、眼しょぼしょぼ、不精髭、着ている服も適当だから不審者のストライクゾーンでもある。

仕方がないので外出はやめて十五分ほどテレビでも見るか、となるが、深夜のテレビは通信販売ばかりだ。そういうときに「サムライTV」がモノをいう。何度も繰り返して放映しているから、午前三時といってもけっこういい試合がある。一番都合がいいのはどの時間に見てもいいし、どの段階で消してもいい——ということである。

適当に気分は転換されるし、場合によってはアドレナリンが噴出して、次の原稿の起爆力になったりする。まことに好都合。さらに最近の格闘技業界の様子もわかる。

プロレス業界はわずかな数の大きな興行団体とインディと呼ばれる「うたかた」っぽい小さな団体がいっぱいあって、まだ体もできていないような普通のヒトと同じくらいの選手が覆面をつけて戦っていたりする。それからこれはもっぱらいま流行りのようで、終わったあとにやたらにマイクで喋りまくる。アメリカプロレスで流行っている半ばスピーチのショウとタタカイをまぜたスタイルの真似のようだ。格闘技とトークショウが一緒になったような感じで、昭和の力道山プロレスで胸ときめかせた経験のあるぼくにはなんだか軽すぎてカラオケの気配に似ている。

かつてのプロレス興行団体は、来日するレスラーを人間離れした、怪獣のもどきのイメージに仕立てあげていた。子供心にもある種の「うさんくささ」を常に感じてはいたものの、密林で発見され人語は一切理解せず、ニワトリを一日に三羽生きたまま食う、などというフレコミのレスラーに胸ときめかせていたものだ。

モノカキになった直後、そういう好奇心の残滓をひきずっていたからなのか、あるFM局で四年ほどDJをやっていたおりに何人かの外国人プロレスラーにゲストで来てもらったことがある。

スーダン系の、今では「禁句」になったニックネームを持つ、常に血まみれになるレスラー「アブドーラ・ザ・ブッチャー」などは思いがけないほど都会的でスマートで、快活なのが意外だった。リングではえらく大きく見えたがスタジオで並んでみるとぼくと背丈は変わらなかった。それでもまぢかに見るブッチャーの額は毎日切れて流血しているので、ぶわぶわの血の湿地帯のようになっており、陰惨な迫力があった。あれはあれで圧倒的なプロの痕跡で、怪奇レスラーがスターだった最後のよき時代だったような気がする。

プロレスは今は別の方向にスマートにショーアップされ、そのぶんインパクトは小粒になった。

若いハンサムなレスラーには若い娘のファンがついて黄色い声が沢山あがるのもオ

ールドファンからみると困った風景で、むかしはプロレスといったら親父がダミ声で「こらあ、殺しちまえ」などとがなっていた時代とその構造は大きく変わってしまった。

だからぼくは同じ格闘技といってもキックや関節技を使うシュートボクシングに代表されるリアル格闘技のほうがいまはずっと面白い。この格闘技の先駆者はタイの国技「ムエタイ」であるが、日本に入ってきて「キックボクシング」となった。本家のムエタイとは少しずつルールは違うが、小柄なタイ人よりは少し大型の選手がいる日本のキックボクシングは一時代を築き、その中から本家のタイに進出してライト級というムエタイとしては大型選手のクラスでチャンピオンになった日本人選手も出た。

その頃、ぼくはルンピニーとラジャダムナンというタイのふたつのスタジアムの熱気に夢中になっていた。このスタジアムはそれぞれ曜日によって交互に見ることができた。タイでは殆どの試合に公然とカネが賭けられているので、その興奮度合いときたら半端じゃなく、カネのトラブルか、試合後にあちこちで観客や賭の仕掛け人などがリングと同じように殴り合いなどしているのがまた面白かった。

「キックボクシング」はやがて外国のヘヴィウェイトの大きな選手が戦う「K－1」に発展し、これはまたたくまに世界をマーケットにした。「ムエタイ」をタイの熱気のなかで見ながら、このスポーツをプロレスラーばりの大型選手がやるようになったら、たぶん世界でもっとも過激で強い格闘技となり、その迫力はもの凄いだろうなあ、などと思っていたのだが、それが本当になってしまったのだ。

基本は殺しあい

ムエタイのルーツを調べると、もともとは王侯貴族への見せ物で、最初の頃は選手の両手の拳に石膏のような凝固の早い材質のものを大きく丸くかためてそこにガラスの破片などをいっぱい突き刺して、拳をそのまま殺人兵器のようにして戦わせたらしい。

この文字通り「殺人拳」をよけるために両足の蹴りを武器として認めたのがムエタイの原型という。しかしどちらにしても凶器パンチを避けようとした足はガラスの破片によって深く傷つくわけで、最終的には凄惨なタタカイになって、最後はどちらかが死ぬ。

現代の格闘技で一番過酷なのはミャンマーの「ラウェイ」だろう。近隣のタイの「ムエタイ」と似ているが、こちらは拳にグラブをつけない。つまり素手のゲンコでの打ち合いだ。さらに頭突き、肘うち、膝げりも許されているから、もっとも喧嘩に近い格闘技なのである。

ながく秘密の格闘技、という存在だったが、二〇〇六年に日本で初の試合を行ない、ミャンマー選手と日本の選手が三試合で戦った。結果は日本人選手の二敗一分だった。ぼくはテレビでその試合を見たが、最初想像したほどには凄絶な試合展開にはならなかった。

ただ、この試合方式が定着していくと、一発におけるリスクは立技系格闘技のなかでは最高になるだろう。同じようにして戦うムエタイと決定的に違うのはグラブをつけていないぶん、ディフェンスができないことだ。日本で行われた試合では、パンチを受けるとき殆どのケースで選手が目をつぶっていた。本能的にむきだしの拳には目をつぶって守る、という反射神経が作動していたのだろう。

自由への闘争

世界でもっともプロレスが盛んなところはメキシコである。ここでは「ルチャリブレ」と呼ばれている。訳すと「自由への闘争」。精神科医のなかでバイブルとされている本の題名とニュアンスが近いが、この場合は、圧政への地下からの反逆の意が強いようだ。

むかし一カ月ほどかけてわざわざこの「ルチャリブレ」を取材したことがあるが、印象としては「大衆国技」に近かった。

最初、メキシコの観光省のようなところを通して取材を申し込んだが、どうも反応が悪かった。あとでわかってきたのだが、メキシコ側からすると、これは「娯楽劇プラスギャンブル」のようなもので、わざわざ国として対応するほどのものではない、という意識が働いているようであった。

けれど実際にはメキシコ中に広がっている大衆娯楽スポーツで、選手はおよそ三千人もいる。しかしその殆どは兼業レスラーで、アルバイトとして出場している、というのが実態だった。

テクニコ（善玉）とルード（悪役）とはっきり役割のわかれたスポーツ演劇のような側面があって、ちょっとした町にはかならず試合場がある。

「ルチャリブレ」で象徴的なのは、レスラーの多くが覆面をつけていることで、これは当初は覆面をつけているのが正義の味方、という図式があったようだ。いまはそのへんの境界がデタラメになってしまい、日本のインディペンデントのプロレスまがいの団体がしきりにこの覆面を多用して「演出」の重要な小道具にしている。やわな弱そうな顔も覆面の怖い意匠で大きくカバーできるからである。

ぼくはメキシコシティにある一万人も入るアレナメヒコから、地方の三百人会場のようなものまでかなり見て回ったが、とりわけ感動的だったのはアカプルコの試合場だった。アカプルコといったら一大観光名所だが、ルチャリブレのスタジアムは裏町にあって、裸足で泥道を歩いて会場にいく人が目立つような貧しい風景だった。それでも表通りの派手な観光街とは一切関係ない、庶民の素朴な楽しみの場なのだな、という熱気は十分伝わってきてなかなかよかった。

しかもぼくの行ったときは停電していて「もぎり」の窓口にはローソクが立っていた。試合開始まぢかになっても電気は回復せずどうなることか、と心配していると、やがて会場に二台のクルマをいれて、そのヘッドライトの照明のなかで試合が行われた。位置によってはほぼ平行に入ってくるクルマの明かりが眩しいが、試合がはじまると影法師みたいになったレスラーたちがピョンピョン飛んでいるのがたいへん幻想的で、通常の照明下で見るよりもかえって感慨深かった。

このメキシコの「ルチャリブレ」に近いものがプエルトリコをはじめとして中南米諸国ではいろいろ変形されて行われている。

「ナショナル ジオグラフィック」の二〇〇八年九月号で紹介された「戦え、チョリータ！」はボリビアの、つまりは「ルチャリブレ」の変形だが、タイトルバックの写真が非常に煽情的だ。長いスカートをはいた女性二人がもうすこしで下着もあらわの恰好でリング上で戦っているのだ。タイトルのチョリータとはボリビア先住民族の何重にもなったスカートをはじめとした独特の衣装を身につけた女性の意味で、このプロモーターはわざわざそういう衣装をつけさせ女同士で戦わせて、人気を得ているのだ。それまではメキシコと同じ男のルチャリブレをやっていたが観客の反応はいまいちだった。そこでこの民族衣装をつけた女同士のタタカイを始めるようになったら俄然人気が出たという。

そうなるとスポーツとしての格闘技とはだいぶ離れてしまう感覚だが、その闘争ぶりはかなり激しいもので流血の写真などもある。

女同士の格闘技は、当初はこのように「見せ物」のイメージが強かったが、女子プロレスなどは、アメリカでも日本でもメキシコでも今はプロレスの単なる「女性版」というちゃんとしたポジションを得ている。

でも、この「チョリータ」による女のタタカイにヒントを得て、都市部のプロレスで、ごく普通のＯＬのような服装をした女性同士がスカートがまくれあがるのももののともせずに戦う「女のけんか」のようなものをやってみたら、案外あたらしい客をよぶのではないか、と思うのだが、それだとさらに格闘技とはまた別のジャンルのものになってしまうのだろうなあ。

最後に究極の〝格闘〟の話をしよう。

アメリカのSF作家、フレドリック・ブラウンの短編「闘技場」である。

話は一人のはだかの男の自覚からはじまる。なにかよくわからないドームのような中にいる。まわりはジャングルのようなところ。近くに明らかに敵意を持ったナニモノカがいる。男はそこらにある棒切れなどをみつけ、その見知らぬ敵意むきだしの怪物と戦う。

すさまじい闘争の末、男はなんとか相手をうちすえ、殺し、勝利する。その瞬間、宇宙ではひとつの知性体の繁栄する惑星が瞬間的に消滅する。一方の勝った男の惑星はその安らぎを誰も意識しないまま安泰だ。

未来の宇宙戦争は、互いの消耗戦を避けるために、それぞれの惑星を代表する戦闘士による決闘で、互いの惑星とその文明を賭けて（当事者はそうと知らず）戦っていたのである。

なぜ真空で火花が散り、広場で魚人が笑うのか

真空が読めない

ＷＯＷＯＷで放映されていたＳＦ映画をときおりＤＶＤに録画していたが、いつのまにかいっぱい溜まっていたので整理するためにさわりだけ見ていったらどれもえらくつまらない。とくにアメリカの宇宙間異星人戦争もの。

呆れてみんな捨てちゃったけれどかろうじて残っていたやつに『バトルフィールド・アース』とか『バビロン５　次なる非常事態』とか『スターシップ・トゥルーパーズ』なんていうのがあった。何がアホくさいかというと、まずはそのチャチなメークアップ。誰も本当の宇宙人を見たことがないのだからどんな形や恰好をしていてもかまわないのだけれど、どうしてそんなヘンな顔と形をしたイキモノが英語を喋るん

だという単純な疑問が常にある。『バトルフィールド――』なんていうのは西暦三〇〇〇年の話だ。そのくらい未来になると宇宙間異星生物がみんな同じ空気を吸えるようになるのだろうか。

『スターシップ――』はハインラインの『宇宙の戦士』が下敷きになっているそうで敵は昆虫生物だけれど、侵略戦士がみんなその昆虫星の空気を吸っているのでもうそこで見ているのがいやになってしまった。CG初期の頃で巨大昆虫とのタタカイの場面はなかなか迫力があったのだけれど。

真空の宇宙をいく恒星間ロケットがみんな火を吐いて轟音をあげていくのも見ているのは辛い。日本のテレビが夕方などによくやっていたお子様向けの怪獣ものとさしてかわらない。アメリカ映画などはみんなそこそこお金をかけているのだろうにいいのかこんなので。

それから宇宙SF映画というとなんでみんな戦争ものなのだ、という疑問がある。しかも異星人はみんな地球の侵略を図ろうとしている。放射能やCO_2その他で陸海空汚染されまくった銀河のこんな田舎の貧乏惑星がそんなに欲しいのならどうぞ、と思うのだが、かならず必死にその地球を守ってしまう人々が出てくる。宇宙の空気の読めない奴らなのだ。あ、宇宙に空気はないから読めなくて当然なのか。

普通の映画でも戦争ものは、本当のコト、つまりすべての真実を描くと、正義も勇気もヒューマニズムもまるでないから、結局いつの時代も真実が隠蔽されたインチキくさいものになっていくのだろうか。

騎馬戦はタイヘンだ

はじめて読んだ戦国時代の小説は海音寺潮五郎の『平将門』だった。

常陸の山里で最初の合戦をする。合戦といっても四騎とか六騎によるタタカイで、つまりはシンプルな騎馬戦ではあるけれど、規模の大きいケンカ、というふうにもみえる。

次第に将門が力を得てくるにしたがって味方も敵も大人数の、つまりは大軍勢ということになって、軍議だの課報だの陰謀だのとやることが複雑かつ大仕事になっていくのだが「合戦」の臨場感という意味では、この小説の初期、関東の埃っぽいところを四騎、五騎と走り回って無骨に戦っている頃のほうがその様子が目に見えるようで迫力があって面白かった。

関東の茨城あたりのわかい田舎ザムライが、

「ハアおらもうゆるさねえだ」

「ようし弓矢で脅かしてやっぺか」

などと言って荒っぽく喧嘩をふっかけていったんだろうな、という経過とその風景が見えてくる。ところでこの、騎馬戦だけれど、馬に乗って弓を射るというのはなかなか大変なコトだと思う。

ぼくは世界のいろんな国で馬に乗った。単純に移動のために馬に乗るので、馬のいいところ、面倒なところ、不便なところなどある程度わかる。

馬のたづなはたいてい片手で持つものだが、突っ走りながらそれが自在にできるまで一週間ぐらいかかった。疾走しながら、ときどきこうした戦国時代の騎馬戦のことなどに思いを馳せ「その頃は大変だったろうなあ」などと考えたりした。

矢を射るためには両手をたづなから放さなければならない。しかもその目的のためにはかなりのスピードで走り、同じように疾走していく敵を狙って射つ。訓練をつんでいるといっても激しく走る馬の上からではなかなか当たるものではないだろう、ということを実感する。

射程距離だってそんなにないはずだ。ましてや鎧をつけている場合、弓矢でそれを貫通させるのはむずかしい。接近してすれ違いざま、というのが実際のところではないだろうか。

季節になると流鏑馬《やぶさめ》の行事などをテレビのニュースでやっている。あれを見ていると「的」はそんなんでいいのか、とびっくりするほど近くて、それでもなかなか当たらない。静止している的であのくらいなのだから互いに走り回り動き回っている的(敵)に向かってすれ違いざまの勝負、ということになったら殆ど偶然の〝命中〟に頼るしかないのではあるまいか。

西洋の騎士の一対一の戦いは、最初はロボットみたいな全身金物《かなもの》の鎧に身を固め、互いに長い槍を抱えて至近距離ですれ違いざま槍で相手を突きあう。このとき槍で突かれて馬から落ちたほうがまず大きなダメージを負うのでそのあとの戦いは俄然不利になる。最初の一撃でやられてしまうこともあるらしい。推測するに弓矢同士の戦闘よりも、この大槍同士の突き落としあいのほうが、より決着度が高かったのではないだろうか。とはいえこの頃の日本や西洋の実際の戦いを見たことがないからはっきりしたことはわからないけれど。

馬上からの視線

以前モンゴルによく行っていたとき、馬がらみの仕事をよくやった。たとえば読者の中には見た記憶がある人もいるかもしれないが、ぼくは二年ほど「エドウィン」のジーンズのCMに出ていたのだが、そのモンゴル篇は、竿の先にジーンズをくくりつけて馬に乗ってそれを旗のようにして突っ走る、というごくろうさまな設定だった。馬でジーンズを乾かす、というふざけたコトをCMディレクターが考えたのだ。

ぼくのまわりを遊牧民の子供らが「シーナさん、シーナさん」と言いながら走ってる。ぼくは笑いながらジーンズを旗のようにかかげて走るのだが、やっているほうはけっこう大変なのだった。

ジーンズがはためいてバタバタ音をたてると馬が驚いて全力疾走しようとする。そうなると危ないから片手に持ったたづなを引いてスピードをしぼる。モンゴル馬は小さいのでバランスをとるのが大変だった。

またあるときはテレビドキュメンタリーの仕事でチンギス・ハーンと同じイクサ装束に身を固めることになった。映画会社が協力していて、丁度都合のいいことに『マンドハイ』というかなりスケールの大きな映画を撮影したあとだったので、その合戦シーンのために復元した当時の鎧を借りられたのだ。

ぼくはチンギス・ハーンが着けたのと同じ鎧で身を固めたのだが、その鎧は全部革でできていた。さすがに遊牧民の国なのである。革はズボンのベルトよりも太く厚く、それが幾重にも重ねて編まれていて、ダミーの鎧とはいえ本物の革を使っているから強靭で矢も刃も防げそうだった。しかも最大の威力は堅牢であっても「軽い」ということだった。

撮影のときはぼくの後ろに五十騎ほどの兵士がついた。兵士といってもその〝なかみ〟はそこらにいる遊牧民のエキストラだったが、鎧を着けてしまえばわからない。なにしろニッポン人のこのぼくがチンギス・ハーンの役なのだ。でも遊牧民がエキストラになったほうがウランバートルの街なかにいるモンゴルの「シティボーイ」の役者などよりも馬の乗り方は断然うまいはずだった。

そういう五十騎の〝家来〟を率いて草原を突っ走るシーンを撮った。これはすこぶるいい気分だった。なにしろ自分の進んでいく方向に常に五十騎の兵士がついてくるのだ。こういう撮影は延々と一カ月ぐらい続けたいものだ、と思ったが、三時間程度で終わってしまった。これまでの撮影仕事（撮られるほうの）でこれほど撮影が終わってしまうのが惜しい、と思うことはなかった。

そのとき感じたのは、たとえ一時のダミーの軍勢だとしても、武器を持った兵士を従え、自分も腰に剣を持ってずんがずんがと行進していくと、そこらを歩いているヒトが邪魔に見えてくることであった。唐突な感情だったが、そういう奴にむかって馬を走らせ、馬上から槍や剣で殺してしまいたくなる。

これは相当に自分という人間がヤバイ性格であるということなのだろうなあと思い、秘密にしておきたかったが、知り合いのモンゴル人にそんな気持ちになる、ということを言うと、自分もそんな気持ちになる、と言うのでやや安心した。いや安心してはいけないのだろうけれど。

モンゴルの草原には三〇メートル前後の木の生えていない草山がけっこうある。モンゴル馬は小型だが足腰が強いのでそんな山にもどんどん登っていける。山のてっぺんからその先を見ると、さらにずっと同じような草原が続いている。

この草原をそっくり占領し、さらにその先に見える草の山までもっと攻めていって、さらにそのあたりの山に登ってそこから先に見える平野をぜんぶ自分の領土とし、さらにずんずん進んでいってそこから地平線まで全て蹂躙《じゅうりん》して全部自分のものにしたい。

そういう、自分でもよくわからない、いわゆるひとつの制服欲――じゃなかった。

唐突に制服欲なんていうと女学生を狙うただの怪しいおじさんになってしまう。そうじゃなくて「征服欲」ね。そういうようなものが全身からムクムク沸き上がってくるのを感じたのだった。

これはいったいなんなのだろう。

もしかしたら騎馬民族の征服欲——の基盤というのは、こういう馬上からの視線、というところにあるのかもしれない。——そう思った。単純な思考だが、感覚的にきっとそうではないか——と思った。

日本の怪しい騎馬軍団

文永の役、一二七四年。世にいう「元寇」はモンゴル軍が北九州に来襲した事件である。一二八一年の弘安の役はモンゴル軍が再度北九州に攻めてきたときの出来事だが、両方とも台風にはばまれてモンゴル軍が敗退、このときの嵐を「神風」と呼んだのは有名な話だ。

ときは鎌倉時代。日本のイクサの技術もそれなりに洗練され科学的になっていた。けれど、日本とモンゴルの当時の武器、武装、合戦の方法、その実力、戦略などはおおいに異なっていたはずだ。

もし神風＝台風が吹かず、両軍がモロに戦っていたらどうなったか、ということについてはいろいろな推論があって歴史家のちょうどいい論戦の対象になっているらしい。

地上の騎馬戦ではどういう戦いになったか。馬をめぐる勝負のあやは機動力にかかってくるような気がする。

『戦国合戦の虚実』（鈴木眞哉＝講談社）を読むと、むかしの合戦の記録は当然ながら勝ったほうが残している。それも天下への宣伝用にかなり大袈裟に表現されていることが多く、今につたえられている有名な話にもずいぶんあやしい記述が多いという。なにしろ写真もビデオテープもなく、自軍のそれをまとめるモノカキ（しかもお抱えモノカキ）は、発注主の殿様に頼まれて書くのだから、思い切りカッコよく書いていたのに違いない。まあ現代の社史なんかがそれに近いような気がする。創業社長の若き頃の逸話などというのは相当に誇張された自慢話の集積であったりするだろうからね。

いくつかのそういう「軍記」には騎馬軍団の勇壮な話などが書かれているが、歴史家の検証によると、日本のイクサのやりかたに騎馬軍団は存在しなかったらしい。

戦国時代の戦闘兵の単位は、主人を含めた士官クラスの馬に乗った「上役」が何人かいて、その騎馬の士官一人のまわりを槍をもった徒歩《かち》兵士がとりかこみ、これが一ユニットとなる。当時は「軍役」の構造上それ以外の編成は存在しなかった。そして、これらがいくつも組みあわさって「軍団」ができていたようだ。だから騎馬だけで編成される突撃隊などはありえず、世に伝わる「武田騎馬軍団」などは存在しなかったという。

それから当時の馬はみんな小さかったらしい。『弓矢と刀剣』（近藤好和＝吉川弘文館）に昭和二十八年、神奈川県の材木座海岸で発掘された戦国時代のイクサ跡の話が出ている。

元弘三年（一三三三年）五月の新田義貞鎌倉攻めのときの戦死者が後年そこから大量に発掘されたのだ。戦士である人骨と同時に馬の骨も沢山発掘された。

この馬の高さを調べたところ一〇九〜一四〇（平均一二九・五）センチであった。馬の高さ（体高）は背中から地面までを測る。サラブレッドで一六〇〜一七〇センチなので、この日本の合戦で使われていた一三〇センチ未満の馬は欧米でいうポニー（小馬）の大きさだった。

モンゴルの馬も小型だが、ポニーよりは大きいから、日本の騎馬の姿はかなり貧弱だったことになる。この小型馬に鎧、兜で武装したサムライが乗る。鎧、兜は三〇キロほどはあったというから人間の体重と加えると一〇〇キロ近くなるはずだ。

馬も大変である。

そこで長年の謎がとけた。

騎馬のまわりを徒歩武者が槍や鉄砲を持って走っていく、というのが日本のイクサのやりかただが、よく人間が鎧、兜に身をかため、槍や鉄砲を持ってその騎馬武者についていけたものだ、と疑問だったのだが、重たい鎧武者をのせた小型の馬はそんなに速く走れなかっただろうから、それで人間がついていけたのだろう。

重い鎧、兜の武者を背中にのせて、馬はドスドスと徒歩武者とともにひとかたまりになって進んでいったのだろうから、映画やテレビなどでサラブレッドに乗って颯爽《さっそう》と走っていく戦国ドラマはあくまでもドラマ上の情景で、実際にはそんなに颯爽としたものではなかったようなのである。

さらに弓を射るときは鎧や兜が邪魔になるので、実際の戦闘では馬からおりて、兜も脱ぎ、さらに右腕をカバーする鎧（大袖）も外して弓合戦をしたらしい。

そこでまた「元寇」について考えたい。

あのとき、もし神風が吹かず、モンゴル勢が馬とともに日本に上陸していたら、どのようなタタカイの展開になったのだろうか。モンゴル勢は革の鎧だから軽々と攻めてきただろう。いまでも遊牧民がよくやっているが、アブミに両足を突っ張ったまま立って馬を走らせることが多い。これは膝をスプリングにして、上半身の上下揺れをすくなくする乗り方でその鞍を「立ち鞍」という。これはぼくにはとても真似できない。膝がもたないし、立って疾走すると重心が上にいってしまってつんのめりそうで危なくてしようがない。

しかしこの「立ち鞍」でいけば膝のスプリングで視座の位置が安定し、弓の命中率はとても高いだろう、というのが見ていてわかる。そういうモンゴル軍勢対日本の流鏑馬軍勢が戦うのでは、かなりモンダイがあったような気がする。

ユーラシア大陸の広範な領土を手にしたモンゴルは元寇に先立つ一二四一年にクラクフに侵攻している。ポーランドである。このとき勇壮なるドイツ騎士団とポーランドの騎士団連合がモンゴル勢と戦ったのだが、モンゴル勢が勝ち、当時のクラクフの人々を大虐殺している。

その頃東欧の騎士団が乗っていた馬は大型のもので、これは彼らの鎧や兜、そして武器などの重さと関係していた。大柄の東欧の人々が全身を金物で覆うような重い装備をつけて戦うのだから、そういう重さに耐えられる大型馬が必要だったのだろう。

このクラクフにも行ったことがあるが、博物館に当時の戦いの絵図などがあった。それには両軍の馬の大きさの差がはっきり描かれている。

現在でもヨーロッパの馬牧場などにいくと「これでも馬か！」と驚くようなでっかい怪物のような馬がいっぱいいる。

スコットランドで乗ったペルシュロンという種類の馬などは一トンほどの重さがあった（平均値でモンゴル馬は三〇〇キロ、サラブレッドは五〇〇キロ）。海岸を走ったのだが、あまりにも視点が高いので怖いくらいだった。

ヨーロッパ騎士団の大きな馬の長い槍の戦闘力よりも、小さくてめまぐるしく走り回り、果敢にいたるところから攻撃していったモンゴル騎馬軍の強さがうかがえる。大艦巨砲主義対機動力のタタカイの優劣はこの当時からある程度方向づけられていたのではないかと思うのだ。元寇のときも、モンゴル勢が無傷で北九州に上陸していたら日本もそうとうに危なかっただろう。

歓喜と悲しみのグラディエイター

時代も意味も違うが、鎧、兜にタタカイという共通したコトでもうひとつ気になるのが剣闘士の世界である。古くはカーク・ダグラスの『スパルタカス』、少し前にはリドリー・スコット監督の『グラディエーター』などの映画で話題になった。

剣闘士のタタカイは古代ローマ時代、二百年にわたって開催されたもので、偉い人が死ぬとそれを追悼するために、殺しあいまでいく文字どおりの死闘をさせたのがはじまりという。今ふうにいえば通夜の余興の道連れ儀式みたいなものだったのだろう。

やがてこれがショーアップされて、専門競技場のようなところで死者の追悼とは関係なくその死闘を中心に大々的に開催されるようになった。何時《いつ》死ぬかもしれない剣闘士に進んでなろうという者はいなかったから、最初は罪人が武闘の訓練を受けてグラディエイターになった。そして円形競技場のようなところの大観衆の前で、死闘に勝ったりすると大喝采を受けてスターのようになり、剣闘士への人気が急速に高まっていったらしい。

剣闘士には型があって、たとえば「投網剣闘士」と呼ばれる者は片手に魚を捕る投網をもち、片手に三つ叉の槍を持った。この「投網剣闘士」と闘うのは「追撃剣闘士」で、まっすぐな剣と小さな楯をもち、飾り気のない兜をかぶっている。「魚人剣闘士」は兜に魚の装飾をほどこし、大きな楯と剣を持っている。ほかに「重装剣闘士」「挑戦剣闘士」などそれぞれ武器と役割の違う剣闘士がいた。どこかプロレスのギミックを感じさせるが、グラディエイターの世界は、常に負ければ死、という巨大な恐怖と隣りあわせの非情な立場にあった。逃亡を防ぐため普段は牢にいれられて足かせや首鎖に繫がれていたようだ。しかし志願してグラディエイターになる者もいたから、それらへの監視は緩かったという。

大観衆と、ときには皇帝の前でグラディエイターは死を懸けた闘いをしたが、強いグラディエイターは次第にスターになっていくので、興奮した皇帝もグラディエイターになりたがり、自分は本物の武器を使うが、相手には鉛の剣を持たせてインチキな勝利を重ねたりしたこともあったらしい。

グラディエイターとして訓練されていない罪人もここにひきだされた。直面した死に呆然とする罪人は、元々は罪人だったが戦闘に生き残った百戦錬磨のプロのグラディエイターによって圧倒的に殺され、「投網剣闘士」や「魚人剣闘士」が勝利のおたけびをあげるのを大観衆は興奮して喝采したという。剣闘士におどろおどろしい面のついた兜をかぶせるのは、こういう新入り罪人の怯えた顔を隠すのに都合がよかったのかもしれない。

やがて巨大化したコロッセアムでは過去のローマ軍の戦闘の、とくに劇的な大勝利をおさめた合戦の模様を、そこで再現したりするようになる。大勢の罪人に敵国の兵士の恰好をさせて、グラディエイターたちがその戦闘の展開をなぞって攻撃し、何も訓練を受けていない敵国の兵士の恰好をさせた罪人を大観衆の前で殺していったという。この大殺戮ショーは大人気となってたびたび行われ、やがてローマには牢獄にいる罪人が極端に少なくなってしまったというから、いいんだか悪いんだか。

『グラディエイター』(ステファン・ウィズダム＝新紀元社)という本にポンペイの闘技場の出入口の様子が描かれている。瀕死ながらまだ息のある罪人が地面をひきずられて出入口のトンネルまでくると、頭に角の生えた素焼きの兜をかぶったカロンという「とどめ人」がいて、大きな鉄槌のようなもので半死半生のにわか戦士を叩いて息の根を止める絵などが描いてあり、観衆の歓喜と残酷が紙一重になってつたわってくる。

疲弊「水惑星」に漏水汚染警報

一日二リットルの思い出

二十一世紀は地下エネルギー資源の枯渇よりも、水資源の枯渇のほうが大きな問題となりそうだ。それはそうだ。ガソリンを飲めなくても死にはしないが、水がないと走れない。あれ？　微妙に違ったかな。

いわんとするところはわかるね。

人間が生きていくためにはガソリンよりも水のほうが大事。

いまガソリン一リットル一三〇円ぐらい（二〇一六年当時）とすると、そこらのペットボトル入りの水（五〇〇ミリリットル）一本と同じくらいでしょ。単純計算で水一リットルが二六〇円だ。つまり水はガソリンより倍も高いのだ。

地球上の水は約一四億キロ立方メートルという。そういわれてもどのくらいの量かよくわからない。

「その九七・五パーセントが海水」

というから、つまりそれは海の量ぐらいなのだ。淡水は残りの二・五パーセント。けれどそれらの殆どは北極、南極で氷結し、氷河や地下水として存在。川や湖などにあって、人間が飲み水として使いやすい状態にあるのは〇・〇一パーセントしかない。

これらの水は地球を循環している。

海の水は蒸発して雲になり、山にぶつかって雨になる。雨は川になって海に注ぎ、ふたたび海から蒸発して雲になる。

地球の破滅を企む人は、この海からの蒸発をなくしてしまえばわりあい簡単に目的は遂げられる。

げんにそういうSFがあった。地球の海全体に蓋をしてしまうのだ。鍋の蓋のようなものを作るのでは大変だから海面全体を覆うポリマーのようなものを考えた。このテのSFはたいていヘンな科学者がなにかの発明に失敗してそういう壊滅的に増殖していくポリマーのようなものを偶然作ってしまう。

こうなると蒸発がなくなって陸は乾きあがる。枯渇していく川のそばで殺しあいがおきる。人も獣も一緒になってタタカウことになる。

むかしタクラマカン砂漠を行く探検隊に加わったことがある。一九八八年の「日中共同楼蘭探検隊」だ。スウェン・ヘディンの探検記で有名な「さまよえる湖＝ロプノール」とその近くにあって幻の砂の王国といわれた「楼蘭」にまでいく探検だった。ヘディンの頃はラクダで行ったが、いまは四輪駆動車で、キャンプを重ねながら接近していく。最後は徒歩になった。砂漠で出会う川は、遠くからみるといちめんに氷が張っているように見える。昼は灼熱状態となる砂漠でそんなバカな、と驚きながら接近すると、それは川の水が全部「塩」になっていたのだった。塩が氷のように光って見えたのである。この探検行で支給される水は一日二リットルだった。

乾きあがった砂漠の旅の一日二リットルはかなり辛い。その二リットルはどう使おうと自由だった。どのみち慢性の渇きの中にあるから、朝いっぺんに全部飲んでしまいたい。隊規上ではそうしてもいいのだ。でも翌日まで水は支給されない。暑いから「エーイ！」と叫んで全部飲んでしまっても頭から二リットル全部かぶってしまってもいい。でもそいつは翌日まで水なしだ。

究極の自己責任――なのである。

我慢してチビチビ飲むようにして、その日使うのは一・五リットルだけで翌日に繰り越していって五日で二・五リットルの備蓄を得てもいい。ただしそいつの背中の荷物が重くなって歩行が辛くなっていくだけだ。だから水を頭からかぶった奴に高い金で売ればいいのかもしれない。これが本当の砂漠の「水一升金一升」だ。

目的地の「さまよえる湖＝ロプノール」は琵琶湖の四十倍ほどもあるスケールだったが、ヘディンが探検したときとは違って全部干上がってしまい、砂漠のいちめんに白い巻き貝がころがっているのが見えた。今になって思えば、この光景は、今回書いている「渇きあがった地球」そのもののイメージであった。

肉まんじゅうとしての油田

原油が無くなる、といってもよく調べると油田がなくなるわけではないようだ。世界中の油田を掘り起こしたわけでもなく、まだとんでもなく巨大な油田が見つかる可能性もいっぱいある。現在採掘されている大きな油田の中の原油が枯渇しているわけでもない。油田はまだ「いっぱい」あるのだ。

問題は、採掘しにくくなっているだけなのである。そのへんの状態をものすごく単純にわかりやすく表現すると、地中の油田のかたちを巨大な「肉まんじゅう」のようなものとして考える。地中の原油をため込んでパンパンの肉まんじゅうみたいになっているその頭のあたりにパイプをぶち込んで採掘がはじまる。

地中の四方八方からの圧力をうけて油は勢いよく「ほぼ勝手に」地上に噴き出てくる。それが原油採掘の黄金スタイルである。

けれどどんどん採掘していって半分ぐらいになる。もう地中周辺からの圧力はなくなって、原油は噴きあがってくるイキオイを失う。採取するためのエネルギーや装置が必要になる。だったらそんな手間のかかるところから採るのはやめてもっと生きのいいパンパンの「満タン」のところのを採ろう。そういうコトを繰り返してきたのである。だからまだ原油は半分残っている。

この残存原油を効率よく採掘するための技術に「水」が重要な役割をもってくる。これも簡単にいうと、半分になった油田に水を注入する、という考えかたである。油は水より軽いから、いままで採掘した油のぶんだけ水を入れると、油は水の上にのっかって肉まんじゅうの上半分にパンパンに満ちる。するとまた最初の頃のように地下の四方八方からの圧力をうけて、いきおいよく上半分の「油」だけ地上に噴き出てくる、というわけだ。

この小規模のものはもう行われている。注入される水は海水である。けれど地球のあらゆる巨大規模の油田でこういうことをすると、供給源である「海の水」はどうなるか、という問題がおきてくる。いずれにしても枯渇していく「油」と「水」は地球の未来にとって重要かつ微妙な関係になっていく。

海の水を飲む

ガソリンは飲めなくても水を飲まなければ死んでしまう、という問題にもう一度戻ろう。地球の水の九七・五パーセントを占める海水。そこから淡水を作る、というテクノロジーはもう稼働している。むかしの蒸留法やイオン交換樹脂法、冷凍法、電気透析法などに代わっていまはＲＯ膜による海水淡水化プラントが世界の、海に近い国で淡水枯渇に苦しんでいる国を中心に拡大している。

ＲＯは「逆浸透」を意味している。

浸透圧はむかしからよく知られている現象だった。まともな密閉容器のなかった古代、豚や羊の膀胱《ぼうこう》にワインや塩水をいれて水瓶などの中にいれておくと、膀胱の中のワインや塩水が増えている、という現象がおきた。その頃はまだ理由はわからなかった。単純に増えて得した、といって喜んでいたのかもしれない。しかしワインなどはそうなったら絶対にまずかったはずだ。

動物の膀胱は「半透膜」といって、水分子やイオンなどごく小さなものしかとおさない「穴」がいっぱいあいている。すごく乱暴にいえば、これはある種の一方通行のザルなのである。「水分は薄いほうから濃いほうに流れる」という性質がある。半透膜がそういうザルなのだ。

ヨルダンとイスラエルに属している「死海」は塩分が通常の海水の五倍の濃度である。人間がここに長く浸かっていると皮膚をとおして体内から水分が沢山出る。人間の皮膚も半透膜であるからだ。

だからもの凄く濃い塩水をいれた浴槽に人間をいれる「塩分脱水たちまち激痩せ健康ダイエット」などというのを開業したら儲かるかもしれない。

入る前に体重をはかり、超濃縮塩水風呂に一時間ほど入れておくとなんと三キログらい減っている。即効性があるといってメタボ系が殺到。ただしその店には鏡は置かないほうがいいだろう。塩水風呂から出たあとの人は全身がスター・ウォーズのヨーダのようなシワシワ人間になっている可能性がある。いや、そんな濃厚な塩水に長時間入っていると脱水塩漬け人間と化し、死んでしまう可能性もありそうだ。死体は干して風にさらしておくとアジのヒラキのようになって保存がよくなる。

ＲＯ膜の話だった。海水と淡水の間に逆ザルの膜を張る。そのままにしておくと淡水は海水のほうに流れてしまうが、海水側に圧力をかける。逆ザルはポリアミド系の複合膜で、少々の圧力では壊れない。この膜は海水中の高分子、低分子、イオン分子までカットしてしまう。微生物はもちろん雑菌から塩分まで取り除かれた（つまりは淡水）が、かなりの高スピードで得られる（最近の超精密濾過《ろか》膜ではナノレベルの、コレラ菌やインフルエンザウィルスやＡ型肝炎ウィルスなども遮断できる）。

このプラントはアメリカのダウ・ケミカルと、日本の日東電工、東レ、東洋紡エンジニアリングの四社が突出している。日本でもひとつの島が、本土からの海底パイプラインによる水供給ではなく、海から得た淡水で生活している例があり、実際にぼくはその島の状態を取材したことがある（愛媛県の釣島《つるしま》）。

このＲＯ膜による海水淡水化プラントは日本の成長産業になりつつある。目下いちばん進んでいるのが、人口爆発で慢性的な水不足に悩む中東湾岸諸国で、長いあいだの蒸留法からこのＲＯ膜による淡水プラントに一斉に移行しているところだ。油田はあるが（金はあるが）水がない国が、いまもっとも先鋭的な水確保に乗り出しているのである。

し尿を飲む

国際宇宙ステーションにロケットで淡水五〇〇ミリリットルのペットボトルを一本打ち上げるのに約二百万円のコストがかかるそうだ。コップ一杯四十万円ぐらいだろうか。

だからアメリカもロシアも早くから循環水のシステム開発に力をいれていた。スペースシャトルは主に三基ある燃料電池から得られる水（純水＝一時間に最大一一キロの生成可能）にミネラルやカリウムなどを加えて（味をつけて）飲料水として使っているが、宇宙ステーションはもっと総合的な水の循環システムを目指している。

宇宙実験棟「きぼう」運用のため新たな日本人宇宙飛行士が参加して、それを報じた二〇〇九年のニュースでは、ＮＡＳＡが開発した水再生装置ＷＲＳ（ウォーター・リカバリー・システム）によって小便を飲み水としている、という話ばかりが先行していた。

このシステムはかなり前から開発されていて宇宙ステーションに装備されていたが、うまく稼働せずにたまたまそのときのミッションで正式に稼働した、というのが内実だった。

このシステムは、エアコンからの排出水、宇宙ステーションの中で人間が発散する汗や糞便からの湯気、ティッシュペーパーから立ちのぼるわずかな蒸気、ゴミから出るわずかな水分まで採取して、きれいな循環再生水にしている。そのシステムの基本は蒸留と濾過で、水再生装置としては古典的ともいえるものだ。

今後は生ゴミや糞便まで含む（金属やプラスチックなどを除く）あらゆる廃棄物を飲料水や空気に変換していく再利用の研究がなされていく。これはＪＡＸＡ（宇宙航空研究開発機構）の主任研究員から聞いた話だ。

ハイプロシステムというもので、しくみを簡単に書くと①密閉した容器に、し尿やゴミや排水などをいれてドロドロの状態にする②空気を入れて高温、高圧処理をすると有機物の五〇パーセントが分解され、同時にアンモニアや酢酸などが発生する③残った有機物を触媒の入った容器にいれて分解すると、水と炭酸ガス（二酸化炭素）が生成される④この水は無色透明。浄水器を通過させれば飲み水になる。

このシステムはさらに複雑に組み合わされていくのだが、もっと大きな未来志向のうちのほんの一環で、発想の基本は宇宙ステーションの中で野菜や小動物などを育て、宇宙船の内部を小さな地球の生物循環サイクルにしていこう、という究極の目的である。まさにSFがむかしから語っていた未来技術の端緒にあたるようなもので、むかし語られたSFに現実がどんどん追いつきつつある。

海が涸れるとき

宇宙船が水の完全リサイクルに成功しても、その頃には地球の水の循環が機能しなくなっていて、宇宙船が地球に帰ってきたら、地球に水は完全に枯渇していて、外に出ないほうがいい、というようなことに絶対にならないとは誰もいえない。

まあ、現在の宇宙ステーションぐらいの規模だったら大丈夫だろうが、SFによく出てくるような二千人乗りの、往復六十年かけての星間宇宙船が帰ってきたときのような場合だ。帰還したときにまったく水分が干上がっている地球、あるいは、冒頭書いたような何かのポリマー汚染、あるいは映画『アイ・アム・レジェンド』のような設定、この場合は水を媒介とするウィルスによって地球の飲み水の殆どが枯渇して、生き残っている人間はほんのひとにぎり、という未来は考えられるような気がする。

『アイ・アム・レジェンド』のばあい、人の生き血を吸う、という吸血鬼への変身がどうもいま少しわからなかったが、水が枯渇した世界のばあい、生き血のもつ意味が大きくなるのだな、とヘンなところで納得してしまった。

海が涸れるとき、という設定はJ・G・バラードがSFに書いていた記憶がある。それから地球の地殻に亀裂ができて海の水が全部地球の内部にしみこんでしまうという、もの凄い発想の破滅ものだった。その場合海水の量はばかにならないのだから、ほうっておくと地殻周辺のマグマに触れることになる。

沢山の炭がカリンカリンに焼けた七輪にヤカンの水をさしただけで大変なことになる。マグマが何万度かしらないけれどすべての海水が地球の真ん中のマグマを覆ったときのハルマゲドンは想像しただけでとんでもない話ではないか。地球は絶対に地殻をきっちりひきしめていていただきたい。

川の水がなくなる

人口爆発や沢山の巨大都市の出現、地球温暖化などによって、世界の気候が激変し、繰りかえされてきた、地球の水循環サイクルが乱れつつある。

アメリカとメキシコの国境を流れるリオグランデ川はいま年々流量が少なくなり痩せ細ってきている。上流、中流域における灌漑《かんがい》が最初の引き金といわれているが、原因は単一ではない。パキスタンのインダス川は上流に塩の多い地殻があり、そこから大量の塩を運んできて穀倉地に氾濫させ、農業を痛めつけている。川が干上がったインド西部やバングラデシュでは地下水を得るための井戸を使うように国家から指導されたが地下水に大量にヒ素やフッ素が含まれていて数千人の人が生死にからむ危機に直面している。

インドシナ半島を縦貫するメコン川を上流から河口まで旅したことがあるが、半世紀も続いた戦争のために川の流量を調節するダムができなかった。唯一、カンボジアにあるトンレサップという収縮する湖が、メコン川の流量を自然調節しているが、琵琶湖の十倍ほどあるこの湖には、二十五万人の水上生活者が住み、真っ黒な汚濁水の上で人間の糞便やゴミ類を餌にして魚を飼育し、その水をまた人間が飲む、というすさまじい風景になっていた。とはいえ、この、もっとも人間の手が入らなかった川はその豊富な漁獲量において全流域を潤してきた。このアジアでもっとも自然に近い川はいま流域各国でダイナマイトの音が続いている。川を拡幅して流れを遅くし、商業船を通行させようという巨大プランが進んでいるからだ。

オリンピックの行われた二〇〇八年の中国は、北部、河北省の三つのダムから北京にむけて新たに作った水路をとおし、一年で三億立方メートルの水を流した。水不足に苦しんでいた中国の大都市の必死の水政策だったが、これによって水供給源となった中国北部の地下水の水位が年間一メートルも下がったという。ひとつのところが生き延びるにはひとつのところが死んでいく。

黄河は流域の灌漑に水をとられすぎて、海まで川の水が流れてこない事態が何度もおきている。大河のないオーストラリアは全域の干ばつによって農業生産が壊滅状態に陥った。原因はいろいろだが、世界中で湖や川が枯渇しつつある。二十一世紀は「水戦争」の時代と言われる所以だ。

国連は現在世界の十一億人が安全な水を得られない危機状態になっていると指摘。二〇二五年にはその「水飢饉」の人々が五十五億人になるだろうと推算している。こういう世界的な水飢饉と連動して、目立っているけれど気にならない、しかし重要な問題に「ペットボトル」がある。水飢饉の深刻化とともに加速度的にのしあがった「水産業」だ。

欧米をはじめとした先進国の食事風景にあたりまえの存在となったペットボトルに入ったミネラルウォーターの一年間の消費量は一九八〇億リットルという。ちょっとそう言われてもどのくらいの量なのか見当もつかない。

五〇〇ミリリットルのペットボトルに換算すると三千九百六十億本という途方もな

い数になる。一本二十円としてもざっと約八兆円。近年、日本でもしきりに問題視されるようになった、全国の海岸に漂着するゴミの悪玉主役のひとつでもある。

この世界を覆うペットボトルビジネスには自動販売機という電力食い虫のインフラ（？）問題が加わってくる。自動販売機の数はアメリカに次いで日本が世界二位。日本には二〇一五年末で五百万台の自動販売機があるという。そのうち二百五十万台が缶やペットボトルの自動販売機。それらの使う（昼夜続く照明、温熱、冷却）のエネルギーを合計すると原子力発電所一カ所分にあたるそうだ。

草も動物も減少　かわりゆく遊牧民社会

激変の目撃

モンゴルにはじめて行ったのは一九八〇年代のおわりの頃だった。その当時は、まず日本から北京まで行って、そこで必ず一泊し、翌朝出る飛行機でウランバートルに飛ぶしか方法がなかった。

日本からウランバートルまで直線距離にすれば飛行機で三時間もかからないくらいなのだが、どういう理由なのか当時は必ず北京に泊まらなければならなかった。

北京から出るモンゴルの飛行機の搭乗口は空港の一番はずれで、しかも飛行機まで歩いていく。なんとなく中国当局のモンゴルに対する「軽視」を視覚や肌で感じた。

どこの国の飛行機もそのキャビンにはいったときに、もう「その国」の気配に触れたな、ということがわかる。たとえばむかしのロシアだ。独特の冷たい凝視や沈黙。メンテナンスの悪い古い座席やら暗い照明器具。国際線なのに半分擦り切れたようなセーフティベルト。それに文句をつけられないようなピシッとした油断のならない緊迫した空気。

モンゴルの国営航空のキャビンは乳やチーズの匂いが濃厚にした。もっといえば動物の匂いだ。まだこちらの体は北京にいるが、自分はこの飛行機が運んできたモンゴルの空気の中にもう入り込んでいるんだな、という実感があった。なんだか嬉しかった。

スチュワーデスがリンゴのほっぺをしていた。紺色のパンツに白いブラウス。ひと昔前の日本のバスガールのようだった。その白いブラウスの背中にブラジャーの紐が透けてみえる。それは「紐」ではなくガムテープを連想させた。ぼくは何もそういうところばかりとりわけ注視していたわけではなく、とにかく非常に目立つのだ。当時の日本人の感覚からいったら三十年ぐらい前の日本の田舎の気配だった。

もっと凄かったのが、ウランバートル到着前に機内で渡される入国カードだった。文字が全部モンゴル語で、なんだかさっぱりわからない。英語か中国語のはないかときいたらそれのみだという。同行しているすでに一度モンゴルに行っている人に聞いたら「日本語でもローマ字でもなんでもいいからとにかく適当に欄を埋めておけばいい」という。にわかには信じがたかったが本当にそれでいい、というしそれしか方法はなかったので本当にあてずっぽうに適当に書いた。しかしそれで何の問題もなくイミグレーションを通過したのである。もっとも現代ではちゃんと英語と中国語表記のカードもあるからこんなことは通用しない。けれど、この一件をもって、ぼくはすこぶるこの「おおらかな国」に好感を持ったのだった。

六つの目玉焼き

ウランバートルにむかう道にはいたるところ横断幕が張られており、それらはすべて政治的スローガンであった。砲塔を誇らしげに空中にむけた戦勝記念の戦車が草原の道にいきなり飾られており、都市に近づいてもクルマよりは馬や馬車のほうが多かった。おそろしく巨大な煙突から煙をはいているのは火力発電所だった。

街の男たちはみんな山高帽をかぶりデールという袖の長いドテラのような民族服に長靴を履いていた。女たちも民族服が多かった。その風景は一九八〇年代の中国の気配に似ていた。当時中国は男も女も灰色の「人民服」を着てクルマよりも断然自転車の多い都市部をみんなしてふらふら歩いていた。

当時まだ共産主義だったモンゴルの中心部は、その数年前に行ったソ連の丁度ミニモスクワを連想させた。首都らしく大きな建物はあるが、どれも冷たい気配でひと気はなく、街なかに明るい賑わいというものがなかった。

ウランバートルホテルという立派なところに泊まった。部屋の中のしつらえは万事大雑把なロシア式だった。外には食堂はなく食事は常にホテルのレストランで摂る。朝のメニューは決まっていて固いパンにぬるいスープ。それに卵の目玉焼きが三個出てきた。三個は多すぎるので、翌日からは二個にしてほしい、と頼んだ。もとよりモンゴル語しか通用しないから身振り手振りの会話だ。それでも通じたようだった。

ところが、翌朝は目玉焼きが三個のった皿が二枚出てきた。朝から六つの目玉に見つめられている。ぼくの「二個」は「二皿」と理解されたようだった。大陸感覚とはこのようなものなのか、とかえって感心した記憶がある。

裏庭で牛が喧嘩している、と思ったら大型のトナカイが生モノのゴミ捨て場で争っているのだった。タタカイは激しくちょっと人間が近づけない感じだった。モンゴルではカラスではなくトナカイが残飯争いの主役なのだった。

それ以降、ぼくはたびたびモンゴルを訪ねることになるのだが、二度目に行った一九九〇年に社会主義体制が崩壊し、国も街も騒然としていた。

レーニン像が倒され、あちこちで小さな政党の結党大会が開かれ、小政党は六十もいっぺんにできていた。街角ではいろんな激論が交わされ、新聞がいっぺんに二百紙ほども出されていた。新聞といってもペラの不定期なものだったが、言論が自由化された、という活況はいたるところで感じた。街なかに沢山あった政治スローガンの横断幕は、ことごとく洗濯機やテレビなどの「あこがれ」の電化製品の広告にそっくり入れ代わり、それまでなかった中国や韓国、西洋料理の店などが姿を現しはじめた。

モンゴル式携帯電話

民主化、自由経済というものはまず女性が敏感に受け止めるものだな、ということをそのとき強く感じた。男が相変わらず山高帽に民族服のデールをまとっているなかで、女性はいっぺんに西洋ファッションとその化粧で身を飾っていた。

おしゃれは下着にも敏感に及んでいるようでもうガムテープは消えていた。国営の暗くて品揃えの悪い店にかわって外国資本の新しいセンスの店が急速に増えた。

あるとき家庭用の卓上電話機を抱えて歩いている人がいやに目についた。壊れた電話を安く修理するサービスの日なのかな、と思って見ていたら、歩きながらその電話で話をしている人がいたのでびっくりした。卓上用の電話機だから一人では無理で隣に奥さんらしき人が電話機を持って並んで一緒に歩いている。そのときはじめてそれがモンゴル式携帯電話であるらしい、と気がついた。

いろいろ話を聞いてわかってきたのだが、仕組みは、我々が家庭で使っている「親機」と「子機」のシステムを街規模にでっかくしたものと考えればいいようだった。ウランバートルの真ん中にでっかい親機のアンテナが立っていて、子機を持った人がその電波の届く範囲をぐるぐる回っている、という訳なのだった。

ぼくはそれを見て不思議な感動を覚えた。その後数年して世界中が、あの小さな、見方によれば「しゃらくさい」携帯電話で生活を変えてしまったけれど、この騎馬民族は厳然と独自のシステムをつくりだしているなんて、実にカッコいいではないか。

そういう感触を持った。

都市にあつまる遊牧民

急速に変わっていく都市部の生活に反発して田舎の草原に出ていく人々も多くいた。

もともと遊牧民の生活をしていた人たちが多かった。ところがいったん都市生活をしてしまうと簡単には家畜を世話する仕事に戻れなかった。草原の砂漠化が進み、家畜用の良い草がむかしとくらべると大きく減少、新参者が家畜の餌場を確保するのがきわめて難しい、という理由もあった。

ぼくがモンゴルにかよっていたのは主に草原の遊牧民に触れるためだったが、田舎にいくと、人々の生活は都会とは違って基本的にはむかしとそんなに変わらなかった。

彼らが長い草原の生活の歴史から、きわめて賢い生活リズムを作っているのをいたるところで発見し、それに感心していた。たとえば彼らの煮炊きする燃料は牛の糞である。牛の糞は当然ながらいたるところに落ちており、それを拾って集めるのは子供たち（主に女の子）の日課である。沢山ひろってきてこれを太陽で乾かし、ストーブで燃やす。水は川のものをそのまま利用した。かれらは太古から簡易ながら完全なリサイクルをごく自然に行っているのだった。小さな風力発電もかなり早くから導入していたし、最近はソーラー発電も取り入れられている。かれらの慎ましい生活を見ていると「大草原の小さな家」を地でいっているな、と感じた。

けれど自由化の波は草原のそういう慎ましい生活をしている遊牧民にも容赦なく押し寄せてきていた。都会からのいわばUターンという新しい遊牧民の侵入もずっと遊牧生活をしていた人々にはストレスとなったし、社会機構が変わり、遊牧経済の仕組みが大きく変化したことも大きな戸惑いとなった。

共産主義時代の遊牧民は、国家から牛、馬、羊などの動物を「借りて」それを飼育し、子供を増やす。借りた動物は国家に返すが、生まれた動物を健康に育てるとそれは自分らのものになった。人間の食べ物は動物の乳を利用したものがかなり有効に使われる。ささやかながらそれで長年遊牧民経済がなりたってきたのだ。

大牧場主義の崩壊

けれど自由経済は、国家から動物を買う（借りるのではなく）ことになる。その数は能力に応じて決められた。そこで大牧場を経営し大儲けしようと考える野心家が出てくる。その一方で少ない動物を飼育する意欲しかない人の中には、遊牧は所詮同じことをするのだから、という理屈で大牧場を経営している人に家畜を預かってもらい、その配当をもらって遊んで暮らすナマケモノの道を選ぶ人も出てきた。このようにして遊牧民のあいだにも、日本農業の地主と小作人のような関係ができ、その経済の構造は優勝劣敗のいろあいをもってきた。

けれど二〇〇九年にモンゴルは大寒波に襲われる。大牧場ほどその被害が大きかった。その年、なんと八百万頭の家畜が凍死したという。生き残った家畜でなんとか復活しようと頑張っている遊牧民も沢山いたが遊牧民の基本経済はこれによってほぼ壊滅に近いダメージを負った。

この年もぼくはモンゴルに行った。ウランバートルにいるかぎりでは、この未曾有の遊牧民の被害が本当にあったのかどうか疑いたくなるほど街は活況を見せていたが、どんどん人口が増していく市街地にはかなりの数の、遊牧民としての生活をあきらめ「難民」として都市に入り込んでいる人々がいた。孤児も問題になり、マンホールチルドレンなどもニュースになった。

「ナショナル ジオグラフィック」二〇一一年十月号の「草原を去るモンゴルの遊牧民」という記事がそのことをくわしく伝えている。タイトルバックに映っているモンゴルの若い娘の伝統的な民族服デール姿と一緒にファッション誌で見るような西欧風のおしゃれな洋服に身を包んでいる娘もいる。もともと多民族国家の歴史をもつこの国には混血の美人がかなりいるから、現代モンゴルのありのままがこの写真に表れているのだろう。

ゲル（半球形の組み立て式テント、内モンゴルではパオとよぶ）のなかで遊牧民が「スマホ」で遊んでいる写真などもある。あの「家庭用電話機」によるモンゴル式携帯電話の、きわめて魅力的な異文化的発展はあれ以上にはすすまなかったのだ。残念なような——と思うのは旅人の勝手な思いでしかないのだろうけれど。

遊牧民の生活に見切りをつけてウランバートルに集まってきた人々も都会でうまく仕事にありつける人はすくなかった。彼らは移動に便利で価格も安いゲルに住んだが、それらが周辺に集まってくると次第に「難民スラム化」し、生活環境は、ひろびろとしていた草原の時代からくらべると窒息しそうな、最悪のものとなった。ナショジオには「ウランバートルの人口120万人のうち約6割が、風呂もトイレも、水道もない生活を送っている」と書いてある。

その一方で表通りは、自由経済移行の混乱期をうまく乗り越え、あたらしい商売や店を経営して大儲けする人々も目立ってきた。

しかしそのうちの多くは韓国資本で、大規模な焼き肉レストランやモンゴル初のショッピングセンターなどを作っている。

ぼくはちょうどその開店セールの頃にウランバートルにいたので見にいったが、生まれてはじめて見るエスカレーターに乗ろうとする人々の行列ができていた。といってもそのエスカレーターは三階までのものだ。

スーパーに入るには、入り口の前に十人ほどいる係の人に持ち物のすべて（バッグ、手持ちの服、ウェストバッグからカメラ、時計まで）を体から外してお風呂屋の下足入れのようなところにいれられカギをかけられた。万引きを防ぐため、という理由だったが、中に入るとセルフサービスといいながら沢山の販売員がいるのでこの厳重ぶりはわけがわからなかった。エルメス商品の隣の売り場には羊が何匹もぶら下げられている、というなかなか得がたい光景もあったが、カメラは没収されている。

モンゴル初の自動販売機も各所にできていたが、自動販売機の隣に必ず係の人がいる。聞いてみると自動販売機はよく壊れるのでそのメンテナンス要員という。

あれからもう七年ほどたっているのでもう少しスマートに様子は変わっているだろうが、その当時はとにかくこれからモンゴル全体がどこへすすむかわからない「混乱期」のさなかにいる、という印象だった。

毒話

「ナショナル ジオグラフィック」二〇〇五年五月号「毒をめぐる10の物語」は同誌としてはかなり長い特集で、全部読みおわる頃にはしばらくそのあと何もしたくなくなった。まあそれを読んでいる場所は日本の我が家だから、室内を歩いても天井からいきなり毒蜘蛛がスルスルおりてくることはないだろうし、裏庭の隅から突然カミツキ毒亀が現れてぼくのカカトに嚙みつくこともないだろうが、これをアマゾンの粗末な小屋の中で読んだりしたら、本当に全ての行動を停止していたくなるだろう。

自然界は有毒生物、有毒物に満ちている、という事実はしばらくぼくのフィールドでの行動を慎重なものにさせてしまった。

実際アマゾンにひと月ほど滞在したことがあるが、話に聞いたとおり毒蛇や毒虫のたぐいは確実にうんざりするほどいる。しかしそれらの棲息している可能性の高いところに行ってこっちから何かしないかぎり、やみくもに相手の攻撃を受けることはないというのも事実で、世界の都市部のデンジャラスゾーンを夜更けに歩いているよりはアマゾンの奥地のほうがはるかに「安全」だったりする。

アマゾンでは現実的には毒をもった生き物よりも、毒はないが、行動がヤバイ奴のほうが要警戒とされていた。

たとえば「カンジェロ」だ。ネイティブインディオはみな「カンジル」と発音していた。食肉ナマズである。二〜四センチと小さくいかにもいやらしいピンク色をしている。

こいつは人間から発生されるアンモニア臭にやたらと敏感で、川の中で小便でもするとたちどころにかぎつけて川の中の小便の水流をもの凄いスピードで逆のぼって尿道の中につっこんでくる。

頭が槍の穂先のようになっていて、尿道に入り込むと穂先のような頭のエラを張って尿道周囲の肉に食い込ませる。だからチンポコの先っちょに少し出ているシッポなど摑んでも絶対にひっぱり出されないというあくどい奴だ。しかも水ぎわにしゃがんで小便している女の尿道まで突入してくるヘンタイだ。女たちは警戒して水ぎわに行って洗濯などするときはパンツの下にカワラケ(素やき)で作った三角形の防護具をつけている。

巨大アリも要警戒だ。ジャングルのなかでハンモックで寝ていると、木にしばりつけた支えのロープを伝ってぞろぞろやってきたりする。奥アマゾンにいるワイカ族はそれを沢山捕まえて湯にいれ、軽くクルクルまわし、半殺しにして食うという。アリシャブである。

ナショジオのその「毒特集」の冒頭に、自然界には毒のある海洋生物千二百種、魚類七百種、毒蛇四百種、毒のあるダニ六十種、毒サソリ七十五種、毒蜘蛛二百種もいると書いてある。

ぼくが実際に見た毒蛇でもっとも恐ろしいと思ったのはベトナムのキングコブラで、これは五メートルあった。怒って鎌首を持ち上げると人間の腰丈ぐらいある。飼われて見せ物にされているのだが、毒は抜いていないといっていた。自家製の毒消しを持っているから蛇つかいは案外平気な顔をしてこれを扱っている。

ナショジオの二〇〇一年十一月号にはバンコークのサンガ村で、キングコブラを女が体にまき、見せ物としてそのコブラの頭を口にくわえて踊っている写真が出ていてのけぞった。コブラ系の蛇はインドの笛で踊らせる見せ物が有名だが、そんなレベルをはるかにこえている。

『猛毒動物の百科』（今泉忠明＝データハウス）には毒の強さからいうと世界一はブラ

ジルサンゴヘビ、攻撃性からいえばオーストラリアのタイパン、もしくは熱帯アメリカのブッシュマスター、恐ろしさからいえば馬よりも速く走る（?）といわれているブラックマンバ、しかし総合的に判断すればやはりチャンピオンはゾウも倒すというキングコブラだろう、と書いてある。

オーストラリアには猛毒の蛇が多いので死亡率から見た危険度ランキングがある。

①タイガースネーク　②デスアダー　③ブラックスネーク　④ブラウンスネーク　⑤ムチヘビ　⑥オーストラリアマムシ　⑦ブロードヘッド　⑧ヤスリヘビ

台湾には百歩蛇《ヒャッポダ》という猛毒蛇がいる。嚙まれると百歩歩くうちに死んでしまうからその名になったという。中国本土にも同じ種類の蛇がいるがこっちは五歩蛇。嚙まれたら五歩で死ぬ、というわけだ。なにかと張り合い、常に世界一になりたい中国本土ならではの命名のような気がする。

ナショジオ一九九六年九月号では「怪物グモ、タランチュラ」を特集している。この大蜘蛛は毒蛇やコウモリも食ってしまう、と恐れられているが、性格は意外に臆病で人に危害を加えることはめったにないという。ヒトが怖がるのは見るからに恐ろしげな巨大で毛むくじゃらのその姿からだろう。人間の手よりも大きいというから蜘蛛嫌いは見ただけで卒倒する威力がある。

しかしこのタランチュラを食うハチがいるという。体長約五センチのペプシスベッコウバチで、雌のハチがタランチュラの巣穴を見つけると入り口に張ってある防護糸にやさしく触れる。求愛か獲物がかかったサインかと感知して穴からタランチュラが出てくるとそこにいるのは天敵、という騙しうちだ。

怒ったタランチュラが後ろ脚でたちあがって威嚇と攻撃の姿勢になると、天敵ハチは大蜘蛛の腹の下にもぐり込み、尻にある八ミリにもなる針でタランチュラの柔らかい腹を刺してとりあえずタランチュラをマヒさせる。それからつやのある白い卵を一個だけタランチュラに産みつけ、動けなくなったタランチュラを砂にうめる。タランチュラに産みつけられたペプシスベッコウバチの卵はタランチュラの体内で孵化すると、このまだ生きているタランチュラを内側から食って安全に育っていくというのだ。もしかするとこのハチの所業は世界で一番狡猾であくどく残酷かもしれない。

世界にはタランチュラなど問題にならないくらいの毒蜘蛛がいっぱいいる。オーストラリアのシドニージョウゴグモは強い酸性の毒を持っていて嚙まれると吐き気、嘔吐、生唾や涙が流れ続け、筋肉の麻痺、腹部の激痛、心拍の異常がおこり、血圧低下、呼吸不全、肺に水がたまり、被害者はうわごとのようなことを言いはじめやがて死亡するケースもあるというから恐ろしい。

このほか体長九センチの世界最強のドクシボグモはしばしば人家に入り込むのでえらく嫌われている。コモリグモ類、ナゲナワグモ、クロゴケグモなど毒グモは世界に沢山いるが、あんがい知られていない日本の毒グモはカバキコマチグモでススキの原などにすんでいる。指などを牙にやられるとやがて肘のあたりまで腫れることもあるという。でも死に至ることはないから日本の蜘蛛はまだ優しい。

海の生物も「有毒か否か」の視点でいくと「毒」だらけだ。それも気がつかないうちにやられていたりする。タランチュラのように見るからに凶悪で、人間が近寄らないように注意できるものから、イモガイのように見ただけでは何も警戒心をもたない奴がえらく凶悪だったりするから始末が悪い。ヒョウモンダコはフェア（?）にある程度悪派手で悪っぽい色合いをしているし、オニダルマオコゼやオニヒトデは誰が見ても触れては危ない、と思わせる悪相をしている。

ナショジオ二〇〇八年八月号はウミウシを特集していた。それを読むとあのかわいいウミウシにも、実は毒針で武装しているやつがいる、と書いてあって裏切られる思いだった。

でも海でいちばん恐ろしいのはクラゲで、毎年クラゲで死ぬ人が必ずいる。オーストラリアでは七十人もの死者をだしている。だからだろう、以前オーストラリアのグレートバリアリーフを一カ月かけてダイビングボートで北上し、毎日潜っていたとき、オーストラリア人に「海中にはヤバイ生物が沢山いるが、とにかくクラゲの触手に注意することだ」と言われた。

ナショジオ二〇〇五年七月号に「オーストラリアの猛毒クラゲ」のタイトルで人殺しクラゲ「キロネックス」が紹介されている。殆どのクラゲには目はないがこのキロネックスは二十四個の目があり、秒速一・五メートルで泳げるというからとんでもないやつで海のキングコブラのようだ。

海中で巨大なキロネックスに遭遇した男は「気がついたら、両手と両足にクラゲの長い触手が絡み付いていた。海から上がると、まっすぐ歩けず、涙がぽろぽろ流れてきた」とその体験を語っている。

幸いこの人はポリウレタン製のウェットスーツを着ており、早い手当で助かったが、大人が一瞬遭遇しただけでこのひどさなのだから水着だけの裸だったり子供だったりしたら命はないらしい。

ナショジオ二〇〇〇年六月号の「麗しきクラゲの漂流生活」にはもっと沢山のクラゲが登場する。主にアメリカのモントレー湾のクラゲが紹介されている。モントレーにはクラゲの展示が充実した水族館があり、ここにいくといたるところにいろんなクラゲが（当然ながら）黙って浮遊しており、宇宙に彷徨《さまよ》っているような気がしてぼくが好きな水族館のひとつなのだが、一度ここを見てしまうとモントレー湾に潜る気持ちは完全に失せる。このモントレー水族館の潜水艇が体長四〇メートルのクダクラゲを発見したことがある。シロナガスクジラより大きい海の生物だ。この情報を聞いて、「そんな巨大なクラゲのいるところで子供を泳がせて大丈夫なんですか」という問い合わせがよせられたという。水族館の係の人は「子供たちが水深二五〇メートルの海で泳がないかぎり大丈夫」と答えたそうだ。つまりこいつは深海クラゲなのだろう。

毒のある生物の話をしていくとキリがないが、最後に「植物系」の毒話をしておきたい。

『毒草の誘惑』（植松黎＝講談社）と『毒きのこ今昔』（奥沢康正他＝思文閣出版）を読むとこれから一切の野草やきのこを食う気がしなくなる。

たとえばドクササコというきのこ。これを食べてアタルと手足の先端がじっとしていられなくなるほど猛烈に痛くなる。冷たい水に手をつけるといくらか痛みがやわらぐので、谷川の水などに手をさらす。水から手をあげると気が狂わんばかりに強烈に痛いので、ずっと手を水のなかにいれておくしかない。痛みは二週間から一カ月も続き、睡眠も食事もできない。衰弱死したり気が狂ったりするそうだ。ずっと冷たい水につけておくとやがて指先が水によってふやけてきて、皮も肉も溶けてしまい骨がむきだしになってしまっても水から手を上げられない例もあったという。まあこれは医学による解毒治療がよくわかっていなかった明治の頃の話だが。

幻覚性のオオシビレタケは別名ノボリタケといって、これを食べると頭がおかしくなりやたらに高いところに登ってしまう。例えば木があると超人的な力で梢のほうまで登ってしまい、翌日毒が切れて正気になるのだが、今度はあまりにも高いところに登ってしまったので降りられなくなってしまうという。だからこれにアタッタということがわかるとまわりの人は密室にとじこめてしまう。翌日、毒が切れただろうと思って密室に入るとどこにもいない。どうしたのだろうと不思議に思っていると天井の梁のあたりで声がする。どうやってそんなところに登ったのか（登れたのか）当人も記憶がないという。

次は毒草の話。『毒草を食べてみた』（植松黎＝文春新書）に出ているバイケイソウ属のうちサイクロパミンと呼ばれる奇形を引きおこす三種類の危険な植物がある。サイクロパミンとはギリシャ神話に出てくる一つ目の巨人キュクロプスのことで、この草を食べた妊娠中の羊から一つ目の胎児が生まれることがあり、アメリカとモンゴルでいくつもの症例が出ている。

一つ目の羊の胎児が生まれるのは不思議なことに妊娠十四日目の羊がこの草を食べた場合に限られていた。妊娠して十四日目あたりが目を作っていく胚が活性化するときで、そのとき摂取したバイケイソウの何かの物質が作用するのではないかと推察されているが、まだよくわかっていないようだ。

このバイケイソウは日本にもごく普通に生えていて、誤って食べると嘔吐、下痢の繰り返し。口や手足のしびれ、意識が朦朧として倒れる人もいる。一九九五年に山梨県の清里で八十一人もの大集団がこれで中毒をおこした。妊娠十四日目の女性がこれを誤って食べたら、と思うといささか怖い。この本を読んだあとにぼくは『ひとつ目女』（文春文庫）という長編ＳＦを書いた。

ボルネオではヘビも空中を飛んでいる

タンパキ釣り

自然界の生き物を見ていて面白いのは、何をするかわからない、ということだ。専門の学者がきちんと観察し、分析して書いた本を読むとシロウト目で一見奇怪で「ありえないコト」のように思えるもろもろには全て理由があり「目的に対してこうなった」という理屈が説明され、我々は「なるほど恐れ入りました」と納得するのだが、驚愕と感嘆の感情は変わらない。

どのくらいの種類の生物が生息していて、さらに未知の生物がどのくらいいるか正確にはわからない、と言われている奥アマゾンに行ったのは雨期の頃だった。

現地に行くまであまり明確に理解していなかったが、およそ七〇〇〇キロもあるこの巨大な川は雨期になるとその上流部が水没する。乾期の頃のアマゾン川の平均的な水位からおよそ一〇メートル前後水面が上昇するのだから風景は一変する。その水没エリアはおよそヨーロッパ全土ぐらいであり、雨期は半年も続くから、まあ早い話、毎年ヨーロッパ全土が半年間一〇メートルの洪水に見まわれる、というようなスケールになる。自然科学関係の学者はこれを「氾濫原」と呼んでいる。しかしそれがたいした問題にならないのは奥アマゾンには街も道路も地下鉄もないからだ。

あるのは自然だけ。具体的にはアマゾンのジャングルは一〇メートルの洪水によってその「樹冠部分＝木の上の部分」だけ水面から顔をだし、あとは全部水に浸かっている。それによって動植物の生存条件は激変するが、おしなべて「いいほう」に条件が変わっていくようだ。たとえば水の中に生きる生物の生存エリアや力関係が一気に拡大変化する。

『恵みの洪水』（M・グールディング他＝同時代社）などを読むとその題名がストレートに示しているように、この定期的な洪水がないとアマゾンの生物は渇水による壊滅的なダメージを受ける場合が多い。

インディオに聞くと、水没してしまう時期は家畜なども筏に乗せて囲いのなかで飼わねばならないからいろいろ大変だが、ジャングルの樹林の下部がすっかり水に浸されることによって、普段なら入るのが難しいジャングルの奥地にもカノア（いわゆる丸木船、今は木製カヌーのようになっている）でどんどん入っていけるから狩りなどは乾期の頃より俄然有利になるという。野生動物たちは樹上生活を余儀なくされる。いちばん目につくのが猿だが、この猿が樹冠部分を動きまわることによって、樹上の生物圏もいろいろ変化する。さらに人間たちの食物としての生物の捕獲、とりわけ釣りなどのやりかたもだいぶ変わってきて面白い。

ぼくはインディオの長《おさ》とカノアに乗って何度か水没した樹冠地帯に入っていったが、釣りの餌は小さな木の実であった。本当に小さなグミぐらいの大きさのものだ。これを針先につけて、ゆっくりポチャンと実に力なく水面を叩く。するとかなり大きな魚がそれに食いつくのだ。タンパキという鯛のような形をした立派な魚を木の実の餌で見事に釣りあげるところを見た。

樹の上を激しく動きまわる猿たちによっていろんなものが水面に落ちる。そのなかの木の実などを魚が食べるのを利用しているのだ。だから釣りの方法は、カノアを音もなく進めていって本当に頼り無いくらいのはかない動きで、竿の先の木の実をポチャンと落とす。一分ほどしてなにもアタリがないとすぐに移動する。そういう繊細な釣りが主流で、アマゾンだからとまっ先に想像した豪快な格闘的な釣魚の風景はまるでなかった。

ただし巨大化し、自重で動きが鈍くなってしまったアナコンダは体を動かしやすいように水棲化し、現地の人は「スクリュージュ＝水蛇」と呼んでいる。洪水状態になるとスクリュージュの行動範囲も広がり活発な捕食期間に入る。

インディオの一人にむかしの写真を見せてもらった。ざっと三十人ぐらいのインディオが横に並んでみんなで恐ろしく巨大なアナコンダを抱えている。ポルトガル語で書かれたその説明を読んでもらったら「三人の犠牲者をだした後に捕らえられた長さ一六メートルのスクリュージュ」とある。

三人の犠牲者とは、つまりそのスクリュージュに呑み込まれてしまった人間のことで、古ぼけたその写真をよく見ると、ところどころに人間ぐらいの膨らみがあって「ああ、ここに入っているのか」となんとなくわかり、いささかおののいた。

シメゴロシの木

ときおりシメゴロシの木を見た。これはダーウィンの本で知っていたが、イチジク科の木が多い。大きな樹木のてっぺんに鳥によって運ばれたイチジク科のその木の種が着地する。種は着地した親木の養分でどんどん成長し、親木の幹にそって長い根を下ろしていく。その根は親木の根元の大地まで達し、土からも養分を吸収してどんどん太くなっていく。さらに途中に沢山の横枝をだしてそれで親木にしっかり抱きついていく。

成長完了したシメゴロシの木は全体が白くちょうど脊椎動物の背骨から肋骨が沢山出て親木を支えているようにみえる。ただし脊椎動物といってもしそんな骨格の生物がいたら生体は巨大なムカデのような形のものになるはずだ。この縦横の枝がじわじわと親木の養分を吸い取ってさらに太くなっていく。

寄生生物というのはたいがい姿形がグロテスクになるものだが、この巨大な寄生植物も例外ではなく、まさしくその巨大ムカデに木がシメコロサレているようにみえる。親木から養分を吸いつくすと、親木は枯れてしまい腐って全体が崩れおちてしまう。でもシメゴロシの木は頑強な骨格だけで、木の骸骨のようにしてジャングルの中に立ち尽くしているのだ。最初にこれを見たときはいささか「ゾッ」とした。おまえはなんちゅう奴だ、という恐れまじりの怒りを感じたが、大自然の熾烈な生存競争に旅人のちっぽけなイカリなど、空中を吹き抜けていく熱風にたちまちどこかに飛ばされてしまう。

シメゴロシの木を調べているうちにダーウィンの『よじのぼり植物—その運動と習性』（森北出版）にいきあたった。シメゴロシの木のようにこれも親木にまきついて成長していく。のぼりかたにいくつかの分類があって、茎でまきつくもの・葉でよじのぼるもの・まきひげをもつもの・曲がった先端でよじのぼる植物・および根でよじのぼる植物、などがある。

根でよじのぼる植物はコイル状に親木にまきつき高さを求めていくが、途中で根を移動させてさらに高いところに根を張りつけ、そこから養分を吸収していく、というのだから完全に寄生植物であり「こいつは絶対に何か考えながら」のぼっているはずだという思いが強くなる。イメージとしては「コイル型植物」だ。根を上に上に延ばし全体がコイル型になった植物がワッセワッセとひたすら上にのぼっていくのである。

飛翔への進化

洪水状態になったアマゾンの樹冠エリアにすむ猿たちは、移動手段に「飛ぶ」ことを覚え、それを進化させている。

猿が飛ぶのは獲物を追うのと天敵から逃げるためだが、どちらも必死の目的だからこれはどんどん進化しており、吠え猿などはかなり大きな体をしているが、おそらくアマゾンの猿族のなかではもっとも長い距離を「飛ぶ」ことができるのではないだろうか。

もし、アマゾンのこのエリアに乾期がなく猿たちはずっと樹上生活をしているとしたら、進化はおそらく「飛び猿」の方向にいったただろう。インディオの長に聞いたところ、雨期のほうが猿は確実に木と木のあいだを長く飛んでいる、と話していた。

インディオの筏家屋のことを先に書いたが、彼らの飼育している牛や鶏なども人とは別に流木で作った粗末な筏の上にのせられている。八頭ほどいた牛などは周りに柵のついた狭い筏の上でこの世で一番退屈な動物代表のような顔をして所在なくかたまっていた。

鶏はその近くの木の上で暮らしており、地上にいるときよりそうとう活発にはばたき、騒ぎながら空中に舞い上がっている。その近くに犬が二匹いた。犬は筏など高級なものはあたえられず、大きな流木の上に飼われていた。人間が好きな犬は人間たちのいる筏小屋に行きたがり、巧みなイヌカキですぐに筏小屋にやってきてしまう。でもたいてい誰かに見つかってたちまち水にほうり投げられてしまうのでまたイヌカキで自分のところに戻る。そういうことを一日中繰り返しているのだった。

鶏もハバタキによる飛翔の距離をどんどん長くしていて、多くは五～六メートルは飛べるようになっており、一番大きな奴は一〇メートルほども飛んでついに筏小屋にたどりついてしまった。

犬も鶏も、このあたりが通年水に覆われていたら犬は一キロぐらい軽く泳げてしまう「遠泳犬」となり、鶏は先祖がえりしてついに空を飛べるようになるかもしれない、と思った。残念ながら犬も鶏もそういう能力を極限まで高めたところで、乾期がやってきて、地上を歩けるようになってしまい、折角そこまで高めた能力はまた振り出しに戻ってしまうのである。

空を飛ぶ動物でぼくがもっとも興味があるのはリス科のムササビで、これは別名「空飛ぶ座布団」とも言われている。『ムササビに会いたい！』（岡崎弘幸＝晶文社）は高尾山にいるムササビを長期間観察した記録だが、体を広げて飛翔している写真をみるとまさに空飛ぶ座布団で、見事に四角でたいへん大きい。平均で頭から尾の付け根まで三〇～四九センチ、尾の長さがやはり三〇センチから四〇センチほどある。飛んでいないときの状態は小さめの猫ぐらいという。

空を飛ぶ（正確には滑空）距離は飛びたつときの木の高さのおよそ三倍近い。つまり三〇メートルの木から飛び立つと九〇メートルは滑空できるわけだ。滑空の速さは時速にして五〇キロ前後というからかなり速い、鳥並の飛行能力があるのだ。

ムササビはモモンガとよく間違われるが、ぼくがよくいく福島県奥会津の宿で実際のモモンガを見たことがある。

ある夜、その宿のあけてある窓にモモンガが飛び込んできたのだ。

宿は幅二〇メートルほどの渓流に面しており、向かい側に森がある。モモンガは宿の灯に誘われたのかその距離を飛んできたのだ。

目撃した宿の主人の話では「ハンカチがひらひら飛んできたようだった」という。

「空飛ぶ座布団ムササビ」とはだいぶ様子が違うのだ。

ぼくもそっとさわらせてもらったが大きさは一二、三センチで、体は軽く暖かかった。とても可愛いネズミ顔をしている。宿の主人はすみごこちの良さそうな大きな囲い小屋を作ってやり、肩のりモモンガにするのだといって可愛がっていたが半年ほどで死んでしまった。

ボルネオは飛翔生物の宝庫

ナショジオ二〇〇〇年十月号の「ボルネオの熱帯雨林　滑空する動物たち」には興

奮した。サブタイトルにあるように、ボルネオの熱帯林に住む飛翔する動物たちを特集している。

なによりもびっくりしたのはタイトルバックの見開き写真だった。なにか細長くてひらべったい緑色のものがくねるようにして飛んでいる。「パラダイストビヘビ」という名であった。生物学者である撮影者ティム・レイマンの観察記録によれば、熱帯雨林のなかを枝づたいに這っていたヘビが突然枝先から落ちた。が、かろうじて尾でぶらさがっていたかと思うと、ヘビは湿気の多い空中へ飛びだしていった。落ちながらその姿を変えていく。肋骨を広げて体を平らにし、空中を泳ぐように滑空していったそうだ。森を歩いていてこんなのが空中から飛んできたらさぞかし恐ろしいことだろう。

ボルネオではヤモリも空中を飛んでいる。こんどはその写真がなんとも愛らしい。ヤモリは主に木の枝で獲物の虫がやってくるのをじっと待っているが、何かに驚いたり、あるいは新しいエサ場に移るときに空を飛んでいるらしい。

さらにカエルも手足をひろげてやや滑稽なスタイルで空を飛ぶ。「パンサートビガエル」で、水かきのついた長い手足とだぶついた皮膚が飛翔力をもたらしているという。この空飛びガエルはなかなかのテクニシャンで、飛びながら体を傾けて一八〇度の方向転換もできるのだ。

「マレーヒヨケザル」は写真でみるかぎりサルとは見えない面妖な形をしている。おなかの内側にまだ毛も生えていない子供を抱いてコーモリのようにサカサにぶらさがっているからだろう。ヒヨケザルは「皮翼目」に分類されるというが、そんな種類の生物がいるなんてこれを読むまで知らなかった。

なるほどこの猿は顎から手の先、つま先、そして尾の先までひろがる飛膜をもち、それらを大きくひろげて空中を飛ぶという。いっけんコーモリのようにも見えるから、これならかなり自由に飛べそうで空を飛ぶ哺乳類では最大という。

ボルネオの滑空生物のなかでもっとも目立つのは「ツノトビトカゲ」「ナミトビトカゲ」などのトカゲ一派で、体の横側にある細長い肋骨のあいだに折りたたんだ飛膜を傘のようにひろげて飛ぶ。観察記録ではこの広げるスピードが超高速という。写真をみるとリリエンタールの頃の素朴な飛行機のようで、かれらは人間よりもはるかに進化した優れた体を持っているのだ。

ところでこういう飛翔生物はアマゾンにはまったくおらずアフリカの森にもわずかに数種しか認められていない。ボルネオには三十種類におよぶ飛翔生物がおり、これは世界一らしい。ボルネオに飛翔生物が多い理由はこの島の熱帯雨林には巨木が多く、木々に日光があたりにくいところからエサも豊富とはいえず、樹上で効率よく体を動かし（飛翔も加えて）生存競争に打ち勝つ必要があるからだろう、との記事には書かれている。

『クモ・ウォッチング』（P・ヒルヤード＝平凡社）によく知られているクモの空中分散（バルーニング）のことがくわしく出ている。バルーニングはふだんは植物の中に隠れている小さなクモや、卵嚢から出たばかりの数百匹の幼体が分散し、新天地に移住するため風に乗って飛んでいく現象だ。このとき糸を少しだして、それで飛翔力をつけている、という説もある。

　空を飛ぶクモが想像以上に遠い距離をいく、ということを最初に発見したのはダーウィンだった。一八三二年の十一月一日、南アメリカの海岸から九六キロメートルの地点を安定した軽風にのって飛んでいる体長二・五五ミリの無数の赤黒いクモを目撃している。

　また高さではヨーロッパと北アメリカの上空約一五〇〇メートルの空中を飛ぶクモを飛行機で捕獲している。

嚙みつく奴ら

毒蛇村

　南米パラグアイのパラナ川を一〇〇キロほど遡行したあたりはいろんな意味で危険地帯だ。暑く湿ったところがあるのでさまざまな生物がいる。一瞬のうちに生命にかかわる最大の警戒生物はジャララカという蛇で、攻撃的で毒も強く、やられたらまあ助からない、と言われた。

　ワニはいたるところにいる。本流よりも湿地帯のあちこちに流れる小さな水路のほうが危ないらしい。

　川岸の細長い一帯に住んでいるフェガチニ村というネイティブの村を訪ねた。フェガチニとはどういう意味かきいたらグアラニー語で「毒蛇」だという。なんてこった、という気分だ。しかしそのあたりでもっとも怖いのはニンゲンで、どうやらコカインの流通ルートにあたるらしい。

グアラニー族はついこのあいだまで裸で暮らしていたらしいが、いまは政府から貸与されて古着を着ている。しかしデタラメに集められた古着を各自勝手に着ているので、フンドシの上にタキシードを着ていたり、その妻は裸足で夜会服のようなシックなロングドレスを着ていたりする。写真を撮るだけで楽しい風景で、ぼくはここが気にいった。ただしやたら歩きまわらなければ、だ。

毒蛇村というぐらいだから通年ジャララカはそこらにいっぱいいるらしい。だからテントを張る場所に気を使った。ジャララカの特性をまだ何も聞いていないが三重通訳になるので、なかなか意思がつうじあわないのだ。

蛇は湿ったところよりも乾いたところのほうが少ないだろうと、村でいちばん平らな草の上にテントを張った。ぼくのテントは世界中移動しているが、ＩＣＩ石井のもっともシンプルな一人用で、入り口に頑丈な網が付いているので虫避けになり、暑いところなどでは重宝する。

そのテントを張っている途中で全身に熱気が走った。いきなり体のあちこちが熱くなったのだ。びっくりした。原因はアリだった。噛みつきアリとでもいおうか体は小さいが顎が異常に大きい。そいつらがいつのまにかぼくの体のいたるところにたかっていた。

あとでわかったのだが、ぼくはそのアリの巣の上にテントを張ってしまったのだ。ジャララカに注意をむけているあまり、足元の小さくて凶暴な奴らに気がつかなかったのだ。

実際そのエリアは小さい奴のほうに油断のならないテキがいて、翌日起きたとたんになんだかわからないわりあい大きな虫にいきなりくちびるを嚙みつかれた。刺されたのではなく、あれはあきらかに嚙みついたのだ。あっという間だった。

痛さは瞬間だったので安心したが、三〜四分で唇がふくれあがりたちまち巨大なタラコクチビルになってしまった。朝からそんな口をしているのは悲しい。どんな虫に嚙みつかれたのかわからない、という不安もある。やはり油断のならないところなのだ。

昼になるにつれて猛烈な暑さになった。比較的安全と思われる乾いた道を歩いていると背の低い灌木の枝になかなか立派な蛇の脱け殻などがひっかかっている。それがジャララカらしい。大きい奴で、こういうのに嚙みつかれたらたちまち人生を諦めるしかないだろうな、という説得力がある。太陽の暑さと熱風で疲労感が強い。

午後はネイティブの食事風景を眺めていた。小さなワニの丸焼きだった。この集落の人々はワニとアルマジロが主食らしい。それにパルミットというわりあい大きな植物の花のつぼみのあたりを煮て食べる。ワニは背中を真一文字に切って食うのだということを初めて知った。延髄のあたりに寄生虫が沢山いるらしい。

小さい虫に気をつけろ！

知らない土地を不案内で歩くとき、注意すべきは「小さな生物」である。ワニの寄生虫などもそうだが、彼らはそれも全部焼いてしまうから問題ないだろうが、それを煮て食べる文化だったら寄生虫入りの煮鍋になる。ちょっとぐらいの熱では死なない虫も多いから、いくら空腹でも、いったん注意深く全体の様子を見てから食物にありつくほうが安全だ。オーストラリアのアボリジニの食料は全部ブッシュから捕獲する。昼間の地表温度は五十度ぐらいになるからブッシュの生き物はみんな土の中にいる。アボリジニは当然ながらよくわかっていて、獲物を探して歩くとき、地面のライフサインを上手に見つける。

「あれは砂漠カエル、あれはサソリ、あれはムカデ、あれは砂トカゲ」

という具合だ。砂の上をみていくだけでその下の獲物の種類がわかってしまうのだ。食べるのは砂漠カエルと砂トカゲで、トカゲは尻尾までいれると五〇センチぐらいある大きい奴だった。これは殺したあと地面にうめてその上で焚き火をやり、つまりは「トカゲの砂蒸し焼き」にする。

こういう野生生物は寄生虫が怖いからぼくはできるだけよく火の通ったところを選んで食べた。味つけがないので、まあつまりは「味けない」。でもその日、それしか食えないアボリジニのことを思えば贅沢なことは言っていられない。かれらの大好物はよく知られているように主にゴムの木の根元にいる、あれはなにか大きな蛾の幼虫だと思うが、ウィッチティグラブという。まあ早い話が「イモムシ」みたいなやつ。大きいのだと葉巻ぐらいある。捕まえると生きたまま口にいれる。この場合は人間が嚙みついているのだ。口のなかでブチッなどと皮膜の破れる音がして、それを実にうまそうに食べる。いったん口をあけてもらって中を見たら緑色の粘液に満たされていた。「とても甘くておいしいよ」と言う。たしかにこういう環境ではうまいんだろうなあ、という説得力がある。

虫瘤《むしこぶ》を割ってその中のものも食べる。いろんな虫瘤によって中の状態はさまざまだが、アボリジニが好きなのは小さな木につくザクロぐらいの虫瘤だった。これを割ると中に赤茶色をした小さな虫がぎっしり入っている。手でつまんでこれもうまそうに食べる。ぼくは焼いてある肉ならワニでもトカゲでも食べるが、虫だけは遠慮している。

彼らは「血の木の虫」だと言っていた。それを食べると「いい血が増える」のだという。アフリカ南部の先住民のブッシュマンはどこの砂漠でも敢然と強い。そういう彼らでも、忌避する虫類がけっこういる。かれらの食生活の歴史でこなしきれなかったまだはっきり正体のわからない虫がそれにあたるようだ。そういう虫はたいてい形態からして嫌悪感がある。サソリぐらいは焼いて食べてしまうブッシュマンは多いが蜘蛛類は食べないようだ。

蜘蛛を平気で食べているのはカンボジアの人々で、これはプノンペンあたりの都会でも普通に蜘蛛売りがいる。まだ少女のような娘が頭に大きなお盆をのせて売りにくる。蜘蛛だけでなくタガメとかセミなどが一緒に乗せられている。だいたいカラアゲで、町の人はこれらをスナックとしておいしそうに食べている。蜘蛛は脚の長さで測ると一〇センチから一五センチはある大蜘蛛で、腹のあたりがイカの味がしてうまいそうだ。

子供や若い娘がおいしそうに食べているのでぼくも五匹ほど買ったが、カンボジア人の通訳に、これを揚げる油は何度つかっているかわからないようなもので慣れない人は蜘蛛よりもその油でアタッテしまう場合が多いですからやめたほうがいいです、といわれあきらめた。下手に下痢をすると一週間ぐらいとまらない、というから、やっぱり考えてしまう。蜘蛛類を食べる民族はほかにもきっといるだろうと思うから、もっと調べてみたい。

砂漠の噛みつき王

「ナショナル　ジオグラフィック」二〇〇四年七月号を見てしばしのけぞった。「ヒヨケムシ」の特集だ。なんだか正体不明のクローズアップがドーンと見開きで出ている。ヘンな虫が好きなぼくもはじめて見る面妖怪奇なる奴で、いやはや虫の奥は深い。

名前はなんとなく可愛い気配もするが、最初の説明に書かれているのは「素早く動き、砂漠の生物の中で最強のあごを持つ。クモやサソリに近いこの生物には、まだ分からないことが多い」。

見開き写真の説明には、米、カリフォルニア州のモハーベ砂漠。特大の顎（鋏角《きょうかく》）

でトカゲを押さえつけて食べる。

とある。木の枝に登ろうとしているところかと思ったらトカゲに嚙みついている、というとんでもない奴なのだった。

このヒヨケムシはクモ類、ダニ類、サソリ類が属する「クモ綱」の仲間というから、どのみちその出は凶悪一族であり、こいつはそのなかでも特にぶっとんだトンパチ野郎だ。

大きさは脚を広げると最大一三センチ、重さは最大五五グラムにもなるというからとりあえず見てくれからして貫禄もある。毒は持たないが凶器は体の三分の一をしめるという顎の凶刃で、このサイズの生物のなかではこの顎の破壊力は最大、という。

しかもゴキブリにまけないくらいの速さで飛ぶように走る、というからますますトンパチ野郎でもある。狙うのは昆虫や齧歯類、トカゲ、ヤモリ、タランチュラ、ヘビ、小型の鳥などと見境がない。

ところでどうしてこんな凶悪な奴を「ヒヨケムシ」などとうっかりすればひ弱な日陰者を連想する名前で呼ぶのかが謎だ。英語ではウインド・スコーピオン（風さそり）というそうだがそれはすこしかっこつけすぎじゃないの。

奥アマゾンでもっとも恐れられている毒ヘビはスクルクで、だいたい三メートルはある。非常に凶暴な性格で、変わっているのは光に猛烈に反応することである。だからスクルクの生息地では夜ヘッドランプをつけたり懐中電灯を持って歩くのは危険だ。それにむかって飛び掛かってくるからだ。

一番始末が悪いのは焚き火をしているとその火にむかって飛び込んできて、熱いのでさらにめちゃくちゃに暴れまわり、苦し紛れに逃げ後れた人に噛みつく。噛まれたら一〇〇パーセント死ぬから自分で飛び込んできてこれほど迷惑な奴はいない。

人間にも焚き火をみると興奮して踊りまくりガソリンを口に含んで焚き火にむかって吐きまくる迷惑な奴がいたが、ヒトに噛みつかないだけましだ。

好きで嫌いなイソメ、ゴカイ類

イソメとラーメン

ずいぶんあっちこっちへ、いろんな魚を釣りに行っている。だいたい十人前後の釣り仲間たちと月に一回。半ば仕事になっていて、その行状記を「週刊ポスト」に連載し、ある程度まとまると「わしらは怪しい雑魚《ざこ》釣り隊」というシリーズの単行本、文庫本になっている。すでに七作出た(マガジン・マガジン、新潮文庫および小学館)。

実はナショジオのぼくの担当編集者(海仁君)もその仲間の一人で、彼は我々釣り仲間のエース級である。海仁がくると雑魚以外のものも釣れる。もう十年以上日本のあちこちで釣りをしているが、宿泊代をうかせるために焚き火キャンプが主体なので獲物は自炊のおかずになる。雑魚釣り隊だから雑魚でも食える奴は浜鍋のダシにはなるから、たまにカツオやマグロを釣ってしまうとうろたえる。本当にマグロを釣ってしまったことがあるのだ。サバなど岸壁からいちどきに四十尾ぐらい釣れてみんなコーフンしてアタマがパーになった。

で、今回は、この釣りにからんでの話である。とくに〝餌〟関係。

釣りは好きなのだが、ときおり餌問題につきあたる。つきあたるといってもぼく一人で「つきあたっている」のだが、数ある釣り餌の中でもっとも魚の食いつきがよく、多方面に使われる餌に「イソメ」というものがある。ミミズ体型で体の左右に夥しい数の足がある。でもって伸びたり縮んだりする。体から比較すると口の端にかなり大きな隠れ牙があって、口から釣り針を差し込もうとすると体をぐねぐね動かして胴体をこっちの指にからみつかせ、あまつさえ、口からその隠れ牙を出して指に嚙みつく。なんちゅう往生際の悪い奴なのだ。

と、イカルし、第一ぼくはこのぐねぐね系で足がいっぱいある生き物が蛇より嫌いでこわい。

だから、魚によってこのイソメを餌にするときが憂鬱である。

ところが、あるとき考えた。

モノゴトには「相対的な見方、考え方」というものがある。あのイソメを、例えば人間のからだぐらいの大きさに拡大して考えると、彼は人間によってどのくらいの太さの針をむりやり口に差し込まれているのだろうか。

――という単純な発想・思考である。

おおまかに対比すると人間の口に物干し竿ぐらいの（しかも先が鋭くとがった）針を無理やり差し込まれ、しかも胃の奥のあたりまで、稀にはもっともっと深く！　という状況になっているのだ。これではイソメが怒るのもわかる。「あっ。てっ、てめえ、なんてことするんだ。あっ、あっ」

と、言ってきっと怒りまくっている。足だらけの長い身をくねらせて「もうゆるさねえ」と言って全身で怒っている。

物干し竿を強引に口からつっこまれた人間は、誰だってそのように怒るだろう。

「あっ。そのくらいの太さのがいいの。ほしかったの。もっともっとずっと奥まで差し込んで」

などと言って身をくねらせて喜んでいるヒトじゃなかったイソメは、いないとも限らないが特殊タイプだろう。

そういうコトを考えながらいやがるイソメの口の中に針を差し込む。そうして作家は（ぼくのことだが）またしても考えるのだが、こういう面妖なる、キモチワルイ生き物を「お魚さんたち」はどうして好んで食うのか。というまたしても単純な疑問である。

海仁に聞くと「お魚さんたちにとってはこういうのがうまいのです。体の中に硬い骨もないし全身栄養満点。体液だってたまらなくうまい。臭いだって彼らにとっては数メートル先から感知してすっとんでくるくらいたまらないモノなんですよ。シーナさんはラーメンが好きでしょう。あの汁の味、全体のにおい、みんな好きでしょう。それとまったく同じなのです」

海仁の奴、とうとうイソメとラーメン、おれとサカナを一緒にしやがった。

巨大おののきイソメ

そんなことを話しているあいだにもうひとつ別の問題が持ち上がった。

我々はこのイソメでけっこううまい高級魚を釣ることがある。うまいうまいとキャンプ地でみんなで奪いあいながら食う。大きかったり数が沢山釣れたりすればまず刺し身にするが、煮つけや、単なる浜鍋のダシにすることもある。

あるとき、ぼくのイソメ嫌いをよく知る仲間の一人が、「そういえばこのサカナの肉はあのイソメなどが素材になってできている〝白身〟だったり〝赤身〟だったりするんですよね。サンマなんか、ハラワタがうまいというのでよくハラワタと一緒に食ったりしますね。そのときサンマがいまちょっと前にイソメを食べたばかりだとすると、我々はちょっとだけ消化の始まったイソメを食っているかも知れないわけですよね」。

ぎゃおおう。

お前はなんてことを言うんだ。いや、なんてことを発見するんだ。ぎゃおおう。たしかに言われればそのとおりだ。でも寅さんじゃないけれど「それを言ったらおしまいよ」ということにもなる。

ニューギニアで苦労したのはクソをするときだった。便所がないので適当なブッシュに入ってするが、そのとき必ず野放しのイノシシがやってくる。体にまだ縞々の残っている「うりぼう」なんかもやってくる。なんの用かというと当方のクソを食いに後についてくるのである。まるでハメルンの笛吹きだ。

で、コトが終わるとみんなして競って「それ」を食う。

これらのイノシシはやがて人間の食物になるのだが、彼らの肉がなんで形成されているか、ということをあまり普段は考えない。

タイのチャオプラヤー川を遡行していたときは、川べりの食堂で安いエビをもっぱら食っていた。出発まぎわに便所にいくと、川の上にたてられた櫓式の便所で、五メートルぐらいの高さにタテ、ヨコ、スジカイなどいろいろ複雑に丸太が組まれている。だいぶ上からぶっぱなされるから人間のクソはそこらにも飛び散っているのだが、大きな川エビがそれにいっぱいとりついてクソを食べていた。

いましがた食ったエビとよく似ているので「ありゃぁ」と思ったが色が違う。いままで食っていたのは赤いエビだった。しかし眼下にいるのは暗緑色である。

あれとこれとは違うものだナ、と安堵したが、あとでよく考えたらエビは茹でるとみんな赤くなるものだ。

でも、人間のクソを食って育った生き物を食うならまだいい。

インドのガンジス川流域を旅していたとき、それまで毎日朝、昼、晩カレーばかりなので、いいかげん胃が疲れていた。

そこで途中から川魚のフライのコロモをはがして白身に塩をかけて食べるタンパク系のものを食う術を得た。ああよかった、と思ったが、ガンジス川の有名な沐浴場であるガートについたとき、上流から流れてくる沢山の水葬死体を見た。ヒンドゥ教ではガンジス川そのものが神と考えられているので、水葬死体はおそらく数千年のむかしから夥しい数が流れてきているのだ。体を覆った布が腐敗ガスで膨張し、布をやぶってむきだしになっていたりする。上を向いている死体にはたいてい目玉がなかった。ハゲワシなどが食べてしまうのだろう。鯛の煮つけなど食うと目玉がうまいものなあ。その気持ちはわかる。

顔がザクロのようにはじけているのもある。「ひぇぇ」と思ったが、これも文化、風習の差である。

多くの遺体はやがてガンジス川に沈んでいく。そのとき川底の遺体を何が食べているのだろうか、と思ったとき「あっ！」と気づいた。魚や蟹やエビやバクテリアだ。

ぼくがガンジス川沿岸の食堂で食べていた魚は一〇〇パーセント、ガンジス川でとれたものだ。そのなかには人間の遺体も食べたやつがいたことだろう。そう考えると、人間のクソを食べて育った生物などなんのこともない。ましてイソメを食って育った魚なんて可愛いものではないか。健康推進魚というべきだ。

と、いうよりも、ここまでぼくはイソメ、ゴカイ類に怯えていながら、実はそいつらを生で食ってしまったことがあるのだ。

これは「小説新潮」という雑誌で「全日本食えば食える図鑑」という煽情的な取材シリーズをやっていて、日本全国のヘンテコなもので、実際に人間が食っているものを食ってやろうじゃねーかという、わりあい挑戦的な連載をしていた。いろんなものがあった。有明海ではイソギンチャクを食べる。「ワケノシンノス」と呼ばれており、直訳すると「わけえやつのケツの穴」だ。これを酢味噌で食う。

まずはそいつを手にいれた。けっこう大きなイソギンチャクで一五センチぐらいある。白くてふにゃッとした感覚で形としては全体が陰茎に似ている。ふにゃっとしているから「ふにゃまら」だ。でもって頭のてっぺんがイソギンチャクの口及び肛門である。

つまりこいつは「ふにゃまら」の頭に「肛門」をつけた「なんちゅう考えをしてんだおめーよお」と怒らねばならないようなシロモノなのだが、あくまでもふにゃっとしているので怒る気力もない。酢味噌にして食ったが、舌の上がピリピリしたのは刺胞の仕業らしい。

こういうあまり嬉しくない取材をしていて行き当たったのは岩手県ではイソメを食べる、という話だった。そこらでは「エラゴ」というらしい。漁師などが口寂しいときに食べるという。エラゴは一本ずつ鞘に入っていて全体が四〇センチぐらいの集合体になっている。つまりはエラゴのアパートで三百匹ぐらいが集まっている。海底でじっとしていてプランクトンが濃厚になるとみんな鞘のなかからニョロニョロでてきて捕食する。その有り様はまるで「メドゥーサの蛇頭」のようだという。

そんなものを食うことになってしまった。これはいきがかり上、漁師というちゃんとしたニンゲンが食っているのだから食わねばならなかったのだ。味は苦かった。魚たちはあんな苦いものを喜んで食っているのだ、ということを身をもって知ったわけだ。でも我ながら自分は偉い、と思うのだ。

イソメだらけの月の夜

『バチ抜け地獄』（つり人社）というムックがある。バチ抜けとは月夜の晩にいっせいに行われるイソメの繁殖行動で、その海域はイソメだらけになる。それを捕食するために沢山の魚が集まってくる。それを狙って沢山の釣り人が集まってくる。という、つまりは海中が「イソメだらけ」の地獄模様になっているのだ。

イソメとゴカイは仲間で、このムックの冒頭のほうにゴカイやイソメのこいつらに弱いぼくは絶叫なしには見ることができないもの凄いのがいっぱい出ている。

オニイソメなどというやつは全体の大きさがウツボみたいだ。長さ一メートルもあるというのだから、こんなのが出てきたら小魚ぐらい食われてしまうかもしれない。

餌が魚を食ってしまってどうする。海底社会の秩序はどうなるのだ。

もっと仰天するのはスーパーコールデルという奴で、名前だけ聞いていると香港あたりのキンキラ高層ビルみたいだが、これもゴカイの仲間で冗談みたいになんと体長二メートルもある。インドネシアやメコン河口にいるらしい。メコン河口にしばらくいたことがあるので当時こいつの存在を知っていたら見てくるのだったのに残念。写真ではその頭部と首から下が少し出ているだけだが、沢山の節によってつながっているらしく、足が何本あるのか見当もつかない。一節に二本足が出ているから軽く五百本ぐらいの足があるかもしれない。

しかし、本人に聞くと「あんたら勝手に足、足というけれど、前から二百三十本目までは手で、その後ろが足なんですわ。そうじゃないと方向転換がややこしいし、急ぐときはこんがらがって倒れてしまうかもしれんけんね、やっぱし」などと言っているのかもしれない。

この二メートルのゴカイも人間が釣りの餌にするらしいがさすがにそんな巨大な餌に嚙みつく奴はいないので、適当に切って（つまり切り身にして）つかっていたらしい。

世界の海にはもっともっともの凄いのがすんでいてオニイソメぐらいで唸ってはい

られない。ナショジオ二〇〇七年六月号に「ハワイの海を守る不思議な生き物」という特集があり、その扉に面妖なるものが映っている。

フサゴカイというもので長さ一五センチぐらいという。一見してカタツムリが花模様をつけたようにも見えるがよくみると、あのイソメ、ゴカイ系の蛇腹模様がくるくるしていて、先端の花が咲いたように見えるのが触手ということがわかる。池袋あたりのぶったくりバーにこんな女がいそうだ。

でもこのフサゴカイがやっていることは生き物の死骸の片付けだから、海の清掃であり、進んで汚れ役をやっているのだ。

ぜん虫類である陸のミミズがいないと地球の土がみんなだめになってしまうように、海にもそういう泥や海流から餌を得ている海のぜん虫類がいるのだ。つまりイソメ、ゴカイは海の平和を守り、自ら進んで釣り人の餌になり、海水を浄化しているのだった。

この種族はいっぱいいて、虫ピンの頭ぐらいの奴から体長六〇メートルなんていうヒモムシ類まで二万五千種から数百万種いる、というから結局はどのくらいいるか「わからない」といったほうがハナシは早いようだ。イソメが好きなんだか嫌いなんだかだんだんわからなくなっているぼくは、この特集で、肉食系のイソメが餌を探して泳いでいる写真があり、これはこれで美しいのかもしれない、と本気で思った。さらにイソメの中にも肉食系と草食系がいるのを知った。人間で騒がれているこれらの二極分化は彼らのほうが早かったのである。

生き物のスピード競争

時々、爪が伸びていることに気づく。ほんの一週間前に切ったはずなのに、なんとまあお前も律儀なことよ、と感心する。

しかしそういっちゃ悪いけれど、爪なんてそんなに何時までも伸びなくてもいいような気がする。そっちのほうの生育に使う体内の養分をもっと別のほう、そうだな、たとえば歯なんかに回してほしい。歯は永久歯が抜けるともう生えてこない。永久歯が抜けるとなにかはかりしれない喪失感がありますな。

だからそんなに爪にこだわらないで、全ての爪の再生力を結集し、せめて一本だけでもいいからむしろ永久歯のあとにもう一回三本目の歯を再生させるほうにエネルギーを転換させてくれないだろうか。

鮫《さめ》の歯はよく見るとリボルビング式だ。欠けると奥からすぐに次の歯が一列まるごと出てくる。最初は小さいがすぐに大きくなる。そうしてよく見るとその次の歯も、さらにその次の歯も準備されているのだ。回転式永久供給替え歯、近頃のハイブリッドひげそり刃もかなわない。人間の歯もあの鮫システムをもっと考えて研究してほしい。

人間の爪の伸びる速度を調べると一日に約〇・一ミリである。ということは十日で一ミリではないか。一カ月で三ミリだ。どうりであんなにしばしば爪切りをしなければならない理由がよくわかったが、でもやっぱりなんか無駄なような気がする。食べた物がなにかの生体加工工程であのような硬いものになっていくのだろうけれど、たとえばその原料がごはんや魚だったりすると、体は相当無理をしているように思う。

髪の毛は一日に〇・三ミリ伸びるらしい。なんと爪よりも速い。十日で三ミリ。一カ月で九ミリ。そんなに速かったのか君たちは。

床屋が安心しているわけだ。床屋にそのあたりのことを聞いたことはないが。でも植物の成長スピードを見ると人間の爪や髪の毛などよりはるかに速かったりする。

たとえばユーカリは一日に一・三センチ伸びる。ネムノキは二・八センチだ。もっと凄いのはタケで九〇センチも伸びてしまう。

一日で九〇センチだから、目で見てわかる速度だ。時速約四センチ。十五分で一センチぐらい伸びていることになる。タケを前にしてお弁当など持参し、ずっとタケが伸びていくのを視認していくのって感動的だろうな。

九〇センチというと人間が生まれてそのくらい成長するのに十年ぐらいかかる。それを一日で達成してしまうタケは人間の成長の遅さをどう感じているのだろうか。できることならタケに聞いてみたい気がする。タケさんに優越感というものが増長していくのだろうか。

移動するスピードの遅い生物比べをしてみよう。

距離は一〇〇メートルだ。出場する選手はいろいろ。一番遅いのがモグラである。これはある程度わかる。地面の中を自分で穴を掘って進んでいくのである。こんなに大変なことはない。一〇〇メートル行くのに七時間五十分もかかる。それも休みなしでの計算である。本当はモグラは途中で何度も休んでいるんだと思う。人情としてそうであってほしい。地中にいるから見えないだけなのだ。それにしてもごくろうさまというしかない。

次はカタツムリであった。

一秒間に二センチも進めない。一〇〇メートル完走するには二時間四分だ。モグラにくらべると穴を掘る必要がないから奴は楽をしている。本来はもっと速く進めるんじゃないかさぼりやがってコノヤロ。

カメは二十二分。ウサギに勝つくらいだから快走といっていいだろう。ミツユビナマケモノも同じく二十二分。ぼくはアマゾンで何度もナマケモノの移動をまぢかで見たが、枝から枝へのり移るのに、十分ぐらいかかっていた。片手と片足で一方の木を掴み、自由なほうをゆっくりゆっくり移動させていくのだが、あれでは片手片足で支えている時間が長すぎてかえってエネルギーを使っているように見えた。ナマケモノにはナマケモノの理由があるのだろうけれど、もっと移動における力学の合理性というものを考えたほうがいいんじゃないか、とつくづく思った。

クモは八分五十秒。けっこう速い動きをする奴と思っていたが意外にだらしがないのだ。ムカデは三分二十五秒。ここに出場したなかでは一番速いが、あれだけ足が沢山あるわりにはちと遅すぎるような気がする。どこかの足がさぼっているのだ。

ちなみに人間が一〇〇メートルを移動するのに普通の成人で一分だ。

動物で一番速いチーターは一秒で二八メートル突っ走ってしまう。ちなみに海中で一番速いバショウカジキも同じである。双方一〇〇メートルを三・五七秒で突っ走ってしまうことになる。いずれも時速一〇〇キロ（以上参考『絵で見る 比較の世界――ウイルスから宇宙まで』ダイアグラム・グループ編＝草思社）。

陸上競技の一〇〇メートルの世界記録はジャマイカのウサイン・ボルトの九秒五八だからチーターやカジキの速さがどれほどかわかるではないか。一九一二年の一〇〇メートル記録はアメリカのドナルド・リッピンコットの十秒六だった。だからボルトの記録もいつか破られる可能性がある。二〇メートルを一秒で走ると五秒の記録になり、チーターに接近していく。

チーターの一九一二年の記録はわからないが、ああいう野生動物も年代が進むとスピードが増していくのだろうか。動物界には金メダルがないからなあ。

恐竜のティラノサウルスは「ナショナル ジオグラフィック」二〇〇三年三月号によるとゾウと同じぐらいと考えられていて時速二四キロだ。あんなのがドスドスと二四キロで追いかけてきたら怖いだろうなあ。

サイも意外に速く時速四〇キロはでる。住宅地におけるクルマの法定速度はだいたい三〇キロだから、サイが追いかけてきたら負ける。その場合は六〇キロぐらいになるようアクセルを踏んでも警察は怒らないと思う。

海中にもサンフラワー・シースターという一時間にじわじわと九メートルも動くヒトデがいる。お前はそれでもヒトデなのか、と意見してやりたい気もする。「はい、ヒトデナシです」なんちゃって。

脊椎動物の脊髄に沿って進む信号（活動電位）の最高速度は一秒間に一二〇メートルだ。これは痛みが脳に伝わる速さ、というふうに解釈していいのだろうか。だとすると「生物の成長限界」ということに関係してきて面白いデータになる。

アナコンダの最長限度は一四メートルだという。このことをわかりやすくするために、長さ一キロのアナコンダを考える。ものすごく長いヘビだ。こいつの尻尾をなにか歯のするどい奴が嚙みついたとする。痛みは神経組織を伝わって脳にやってくる。長さが一キロもあると痛みがアナコンダの神経組織を伝わって脳に達するまで百秒かかるという。百秒あれば尻尾を一〇メートルぐらいかみ切られる可能性がある。アナコンダは百秒後に「あれ？　なにかオレの尻尾がヘンだ」と感知し、尻尾を動かすよう神経組織に伝える。その指令が尻尾に到達するまでさらに百秒かかる。そのあいだに二〇メートルかみ切られてしまっていたらもうアナコンダは生きていけない。

ではその十分の一の大きさ、一〇〇メートルのアナコンダはどうか。これでもまだ大きなタイムラグがある。野生動物としては致命的だ。一四メートルが瞬時に痛みが端から端に伝わる限度であり、ゆえにその長さがアナコンダの成長限界というわけなのだ。

小さくて大きな可能性をもつ群知能

光る木

「ナショナル ジオグラフィック」の二〇〇七年七月号を見ていたら嬉しくなった。ホタルが大量に集まって木全体が光っている写真が出ていたからだ。雑誌の写真だから夜光性の樹木かなにかのように見えるが、写真説明にも書いてあるとおり、この巨大な樹木いっぱいにとりついているホタルは点滅しているのだ。

それも全体が同じタイミングで点滅している。まるでクリスマスに樹木を飾るイルミネーションが電気仕掛けでシンクロしているようにだ。

これはインドネシアの写真だったが、ぼくはそれと同じ「ホタルの木」をパプアニユーギニアのニューアイルランド島で見ている。

真夜中に島の人が「面白いものを見せてやる」というのでトラックの荷台に乗せてもらって山のなかに入っていったらそれがあったのだ。

最初は、ダミーのホタルで、一匹ずつが細いコードに繋がれていて、一定のリズムで点滅させているに違いない、と思ったが、近くにいってよく見てもそんなコードはまったくなかった。木の葉にとまっているホタルも、そのまわりをとびかっているホタルも、なにか理由のわからない同調のタイミングをとって同じときに光り、同じときに暗くなっているのだった。まあ考えてみればパプアニューギニアの山のなかである。殆どヒトの姿もないようなところでわざわざイルミネーションもないだろうから、これは本当にホタルが自分たちで同調しているのだ、ということを信じるしかなかった。

『発光生物の話』（羽根田弥太＝北隆館）に同じパプアニューギニアのニューブリテン島で、やはり何万というホタルが同時に点滅している話が出ている。ここでは雄は青色、雌は黄色に光る、と書いてある。夜だけホタルの雌、雄の区別ができる、というわけで、ちょっとただれた人間社会の盛り場を連想してしまったが、筆者のココロが汚れているだけで当のホタルたちは雌雄の区別がついても別になんのコトもないのだろう。しかしこの本でモノ足りないのは、なぜ同調するのかの記述がどこをさがしてもまるでないことであった。

ホタルたちの「同調リズムを先導しているのはなんだろう」という、ひとりで考えてもとうてい答えの見つからない謎をもってその島から帰った。

ナショジオのそのホタルの木の写真は「群れのセオリー」という特集の最後のほうに出ているものだった。こうした小さな生物はしばしば同じような謎の同一行動をとるが、それらにはとくに全体に号令をかけるグループのリーダーのようなものもおらず、また群れのどこかに指令装置のようなものもない、と冒頭に書いてある。

アリは地球最強？

群れの同一、または統一行動でわたしたちにもっとも馴染みのあるのはアリだろう。誰もが小さな頃にアリの行列を見てそこにしゃがみこみ、好奇心と不思議のこころいっぱいになっていろいろと考えた経験をもっているはずだ。場合によっては行列の真ん中に小さな石をおいてちょっとした通行遮断のいじわるをしたこともあったろう。けれどもアリたちはなんの混乱もなく、その石を回り込み、何ごともなかったようにもとの行列に戻って行進を続けていく。人間の行列だとふざけてそれをきっかけにちょっとヨコにそれる者、脱落する者、前の奴のどこかをつつく者、などが必ずいるが、アリにはそんなだらしのない奴、フラチな奴はいない。

「ナショナル ジオグラフィック」二〇〇六年十月号「アリの社会」によるとアリは地球上に約一京（一兆の一万倍）匹もいて、その総体重は全人類の総体重に等しい、という。アリと人間が重さで同一なんて考えたこともなかった。

しかもその種類は一万二千種。一億四千万年前に地球に登場し、恐竜が絶滅したときにもアリは問題なく生き延びた——という、考えようによっては人間よりも偉大な生物なのだ。

アリの研究はかなり多方面からすすんでいて、アリの一糸乱れぬ行列の謎もある程度あきらかになっている。結論からいえばアリには群れの行動のリーダーというものはおらず、また巣などから指令の伝達なども発せられていない。アリには小さな脳と神経があるだけで、いくつかの行動の指令は互いに触れ合ったり匂いやフェロモンを触角で感じたりすることによって瞬間的におこなわれ、それが全体行動になっているようだ。

童謡にあるように「アリさんとアリさんがごっつんこ」は、かれらの基本的なコミュニケーション手段であったのだ。

『アリはなぜ一列に歩くか』(山岡亮平＝大修館書店)にはアリのフェロモンで特に有名なのは「性フェロモン」と「警報フェロモン」と「道しるべフェロモン」である、とわかりやすく書かれている。さらにナショジオにはこういう説明がある。

「彼らのコロニーは、毎朝の状況に応じて餌をとりに行く働きアリの数を決定する。ごちそうがたっぷりの場所が見つかっていたなら、それらを持ちかえるために沢山の労働力を投入するし、前日の夜に嵐が吹いて巣が損壊したとなれば、巣に残って修理に当たるアリを確保する」

「ほかのアリとぶつかったら、触角で匂いを感知して、相手が同じ巣に属しているのか、今までどこで働いてきたかを知る。巣の外で仕事をしていたアリは、内勤のアリと匂いが違うからだ。餌をとりにいくアリは通常、早朝の偵察に出ていたアリが帰還するのを待ってから出発する。その際に、巣に戻ってきた偵察アリと触角を合わせるのだ」

人間のサラリーマンなども同じようなことをしているわけだが、外勤から会社に戻ってきたものは、その業務成果などを上役にいちいち書類に書いて報告しなければばならなかったりする。サラリーマンにアリの触角のようなものがあれば業務はもっと円滑化するだろうに、人間集団はアリに劣っているのかもしれない。

全体で考える

アリやハチなど常に群れている生物は、そこに集まっている生物全体でいくつかの行動、方針、判断、などを行っており、それを「群知能」というようだ。コロニーの〝頭脳〟〝知覚の核〟のようなものらしい。

だから「50万匹の大集団であっても、アリのコロニーにはそれを統率するリーダーはいない」とナショジオは書いている。

こういう生物がよりどころとするコロニーが何者かによって破壊されると「群知能」は機能を失い、個々のアリはたいへん不幸なことになる。人間であると組織からはじきだされたら「一匹オオカミ」（しばしば一匹オオカミなどではなく一匹ヒツジだったりするが）としてなんとか個人の能力、度量で生きていくことができるが、アリには「一匹アリ」の余生はないようだ。

ハチの世界でその生々しい現場を見たことがある。長野県の田舎では「すがれ追い」という遊び半分のハチ狩りがあり、これはハチの好む肉や魚の小片を木の枝などに置いておき、その獲物に糸をまきつけ一端に小さな真綿などをつけておく。餌を探しにきたハチがそれを抱えて巣に戻るが、仕掛けたハチ狩りオヤジたちは餌に糸でぶらさがって空中をはしる真綿をめじるしにみんなであとを追う。

そうして巣をつきとめると、ハチを一時的に気絶させる専用の煙幕をたき、バタバタとハチが倒れているうちにその巣（しばしば大きなバレーボール大のものがある）を盗むのである。そのときハチ狩りオヤジらに聞いたのだが、そうやって巣（コロニー）を取られてしまったハチは、そのあと生きていくすべを失い、ちりぢりになって死んでいくしかないという。長野県のオヤジは子供と同じで遊びのヨロコビのほうが優先するのだ。

幻影効果

鳥や魚なども群れをつくる。とくに小さくて単体では弱い鳥や魚たちだ。水族館などで大量のイワシやアジなどの入っている大きな水槽にしばしば鮫などの大きな天敵をいれておくことがある。小魚たちは群れをつくり、その大きな形を変化させながら泳いでいる。水族館に来た人たちには勇壮な眺めだが、当の群れ魚たちにとっては死活問題である。

小魚が海中で群れをつくるのは、小さな魚が集まって全体で巨大な生物のようにみせかけようとしているからだ、という説がある。『魚はなぜ群れで泳ぐか』(有元貴文＝大修館書店)というまさにソノモノのタイトルの本があり、のっけからこの話が出ている。

小魚がみんなで協力して大きな魚のフリをするのを「幻影効果」と説明している。しかし小魚がみんなで協力して全体像を考える、などという現象はそれこそ「幻影」で、実際にはみんな捕食者に対して恐怖しているから保身のために少しでも群れの内側、内側に入ろうとすることによって小魚の巨大なカタマリができ、結果として捕食者に幻影効果を与えているのではないか、と解説している。

しかし面白いもので、この幻影の巨大魚を捕食者が襲ったとき、小魚たちはちりぢりになって逃げる。すると標的が拡散されて、捕食者は効率のいい襲撃ができなくなる、という指摘である。

昆虫でも鳥でも魚でも、小さなものの行動本能やそのパターン、そして小さいものが集団になったときの知られざる威力というものはこれから急速に研究されていく分野のようだ。

スタニスワフ・レムというポーランドのSF作家の『砂漠の惑星』(ハヤカワ文庫)

は、地球から太陽系外の惑星に行き、その星の生命体に侵略戦争をしかける、という いかにも古典的なストーリーだが、その星の生命体はサイバネティクスで、きわめて小さな虫のような半機械半生命体のようなものでそれが大量に攻撃してくる。小さな虫のような機械は全体で思考する、という地球人には理解できない能力をもっていて、地球人は結局は退散していくのだ。

このSFを読んだのはいまから三十年ぐらい前のことで、そのときぼくははじめてサイバネティクスという言葉を知ったのだった。

未来のテクノロジーも群れをなした小さなモノの可能性を追求しようとしている。『2100年の科学ライフ』（ミチオ・カク＝NHK出版）ではサターンロケットに代表される巨大な化学燃料を使った宇宙ロケットの時代は早晩幕を閉じ、やがて有力になるのはナノテクノロジーによる小さな宇宙探索機を大量に宇宙に送り込む方法にかわっていくだろうと予測しており、それをナノシップと呼んでいる。

「ナノシップの発想は、自然界で大いに成功している戦略――群行動――に倣っている。（中略）これに近いのが、アメリカ国防総省が仮想的に検討している『スマートダスト』の概念だ。偵察用の微小なセンサーをもつ粒子を何十億個も空気中に放つというものである。ひとつひとつのセンサーはそれほど高性能ではないが、集団になると大量の情報をやりとりできる。」

この発想は、やがての宇宙開発にもむけられている。いま研究されているのは外惑星の磁場と重力を利用して猛スピードで宇宙に飛来していくことができる小さな高性能飛翔体の群れである。それはおそらく「宇宙昆虫」に近いような存在になるのだろう。

なぜパンク頭の地球はダルマ型惑星になっていったのか

宇宙《そら》いくジャックの豆の木

宇宙エレベーター構想をアーサー・C・クラークが積極的に提唱している本を読んで当初「ほんとかね？」と思った。

発想が安易かつ乱暴すぎるように思えて、いまいちわからないことが多かった。長さ一〇万キロもの独立したエレベーター軌道をどうしたら垂直に作ることができるのか。基盤はどうするのか。全体の荷重だけでそうとうなものになるが宇宙の彼方でどうやってその軌道を支えるのか。地震がきたらヘロヘロ化するのではないか。

何をどう考えてもこれほど脆弱《ぜいじゃく》な装置はないように思えた。でも数冊の科学概説書を読むとぼくのそれはすこぶる幼稚な疑問である、ということがわかってきた。すまなかったクラークさん、という気分だった。だいたいSF界の巨匠の語っていることを、こんな空気頭のモノカキが疑ってしまうなんて不謹慎きわまりない。

あれは「引力と遠心力」のバランスなんですな。しくみはこうだった。宇宙にむけてどんどん「ひも」を延ばしていく。そのためにはしばらくはロケットにくっつけていくしかないが、地球の引力圏を突破したあたりから先端に「重り」をつけてやると、今度は回転している地球の「遠心力」と「重り」によって「ひも」はピンと張りつめる。そういう簡単な理屈だった。

なるほど三メートルぐらいのロープの先端に一キロぐらいの重りをつけて振り回すとロープはピンと伸びてぐるぐる回る。ハンマー投げの要領だ。ロープをぐるぐる回しているのが地球。ピンと伸びたロープがエレベーター軌道だ。手を離すとそのまま飛んでいく。宇宙エレベーターの軌道が切れて先端の重りが飛んでいったら宇宙ハンマー投げになって火星あたりに命中しても困るからそうそう簡単には切れないようにしなければならない。

そのため地球上で一番引っぱり強度のあるカーボンナノチューブという素材がカギになる。この素材は軽くて薄くて強い。それでエレベーターの軌道をつくり、バランスを計算した「重り」をその先端につける。

けれどクラークは、たぶん地上三万六〇〇〇キロの静止衛星軌道と通常いわれているあたりに巨大な宇宙ステーションができるだろう、と予測している。その宇宙ステーションは豪華なホテルぐらいのスケールの巨大なもので、ここまでエレベーターの人や貨物をのせた「かご」は時速二〇〇キロぐらいで上昇していくだろう、という。高速道路をいく自動車の倍ぐらいのスピードだ。さらに一〇万キロあたりのところにカウンターウェイトの役割も兼ねた大きな居住可能な宇宙基地が作られる。これで宇宙エレベーターの完成である。

そうすれば宇宙の衛星軌道空間にむかうでっかいロケットなどはもういらなくなる。高価なロケット燃料も必要ない。エレベーターだから爆発の危険もない。衛星軌道にいくまでの宇宙飛行士的適正検査だとかその訓練などもたいして必要なくなる。せいぜい精神の高度順応訓練ぐらいだろう。肉体的な「高山病」などの高所特有の諸症状はその頃の医学で解決しているはずである。あとは高血圧とか閉所恐怖症の有無ぐらいか。出発前の大袈裟な記者会見もいらなくなる。

「私これからエレベーターに乗ります」

そう言ったところでどこの記者がくる。

その気とそこそこの金さえあれば誰でも簡単に宇宙にいける。いいことずくめなのだ。

問題はたったひとつ。その宇宙エレベーターの軌道をつくる世界最強である素材、鋼鉄の百倍以上の強度をもち、しかも軽いという「カーボンナノチューブ」の量産がきかない、ということである。

この構想が「採算ベース」にのる、ということがよりはっきりしてくると、人類の科学は革命的なスピードでこういう素材の量産を可能にする技術をきっと編み出してしまうはずだ。人類はこれまで自動車だって飛行機だってそのようにして幾多の難題を解消して実用化させ巨大ビジネスに結びつけてきた。

そしてそんなに遠い未来ではない段階で、世界の赤道直下のエリアで宇宙エレベーターが宇宙にむかってピンと張りつめ、地球の自転と同じ速度でぐるぐる回っている、という風景がごくあたりまえになっているはずだ。

そのときはドバイの八二八メートルのブルジュ・ハリファなんかはタケノコみたいなものになっている。東京タワーなんか地球に生えたカビの胞子のちょっと長いやつぐらいだ。

地球は赤道直下から一〇万キロの長さの髪の毛をピンと伸ばした巨大なトサカ頭のパンク野郎みたいになっている。一〇万キロといったら「地球〜月」間の四分の一だ。

月だって驚くだろう。いやその頃には月にもなんらかの施設ができてヒトが住んでいるだろうから、そのヒトたちが見て驚いている。

"星流し"の人々

宇宙エレベーターができると月やそのほかの惑星にいく宇宙船建造資材がユニクロ的廉価でじゃんじゃん運べるようになるから、その建造コストは格段に下がる。たとえば現在ロケットで地球周回軌道に約四五〇グラムの物質を打ち上げるのに一万ドル以上かかると言われているが、宇宙エレベーターができればわずか一ドル程度、ということになる。その低コストで宇宙空間に運び込んだロケット部品を組み立て打ち上げた真空移動ロケットも地球引力圏離脱の膨大なエネルギーを使用しなくていいから、そこから太陽系の惑星に慣性で移動していくことができる。ということは、そこからの宇宙開発はとにかく革命的に安い経費ですむ、ということになるのだ。

最初に実用化されるのは月への定期便だろう。

宇宙エレベーター基地から月までは三〇万キロメートルいけばいい。東京から大阪にいくのにすでに沼津ぐらいまで来ている位置だ。しかも真空エリアの移動だから多少の噴射装置のついた移動ロケットはあちこち機材がでっぱったりぶらさがっていたりして不細工でもかまわない。

こういう「いいかげんな知識と考察」で書いている筆者（ぼくのことです）は、書きながら常にそのシチュエーションでなにか適当な三流SFみたいなのを書けないか、と考えている。だから以下に書く宇宙エレベーター構想もできるだけ三流SFへの可能性を考慮しながら――であることをこのあたりでお断りしておく。

さて、その「月開発」は結局いまだに地球の開発の歴史の延長線上にあると見ていいはずだ。最初は若くフロンティア精神に燃えた研究者や専門家によって「月開発」が行われる。でもアポロ宇宙船のような短期間の滞在ならともかく、長い期間限られた居住区に寝泊まりしておこなう開発作業はけっして楽ではない。

宇宙時代といったってサイエンス技術の発達に対して人間の精神的進化の基本はあまり変わらないように思う。そこで月の本格的な開発、たとえばよくSFに出てくる大勢の人間が居住可能な、隕石などの直撃も防げるバリア装備もされた巨大な「街スケール」のドームを作る、などという大工事は危険が伴うし、娯楽は殆どない生活だから（だってこれからの月への居住者のための娯楽設備を作っている人たちなのだから）いかに高賃金にしても次第に職場としての人気はなくなる。そうなるとここにやはり地球の辺境地開拓の歴史的構図が繰り返されることになるだろう。「月開発」はやがて世界各地の重犯罪者の強制労働によって行われるのではないだろうか。そうなるといよいよ三流ＳＦの出番だ。数々の乱暴なドラマ、事件をひきおこしながらも、月面強制労働者はなんとか巨大なドームをつくり、都市の基盤をつくり、呼吸可能な空気の安定供給システムやエネルギー循環システムなどの基本的なインフラを備えた「ムーン・シティ」を作っていく。巨額な利益を見込んだ開発企業がそれを手掛ける、というのがよくある展開だ。映画『エイリアン』シリーズにも囚人によるそんな惑星開発の宇宙船が出てきた。昔の「遠島」「島ながし」は今は「遠星」「星ながし」となっている、というのは自然の流れであるように思う。

話はちょっとヨコ道に逸《そ》れるが、なんというＳＦだったか、次元もので、地球の重犯罪人は地球の遠い過去に送られてしまう、という設定のものがあった。受刑者がたまの休みの日に釣りにいく。狙うのは三葉虫なのである。カンブリア紀の節足動物。長さが五〇センチもあったからなかなかいい「引き」のある釣りを楽しめる。ただしあまりうまそうではないな。その釣りの描写になんともいえない寂寥感《せきりょうかん》があって強く印象に残っている。もっとも次元ＳＦのセオリーでいうと、たとえ三葉虫のいるカンブリア紀であっても人間の囚人が多数転送されたら、そうとうにタイムパラドックスの混乱が起きてしまうはずだ。たとえばやがて現れる恐竜が広東語や英語をかなり理解できるようになっているとか。

　月へ送られた強制労働の受刑者は毎日母なる地球を見て暮らさなければならない、というのが気の毒だが、カンブリア紀ではなく同じ時、同じ次元にいるのならいつかは遠くに見る母なる地球に帰れるかもしれないのだからまだ気が楽だ。月面強制労働者は世界各地いたるところから一〇万キロの長さで伸びている宇宙エレベーターによるパンク頭化した地球がぐるぐる回っているのを毎日見ることだろう。

「ケックそたれ頭みたいになっていい気なやつらよ」

　きっとそう思うに違いない。

　やがて彼らによる大規模な月面開発がなされると、多くの人々は気軽に月観光をめざすことになる。そのため月観光会社はいっとき大儲けする。するときまってそのあと出てくるのが移住計画だ。

「定年後は月世界生活をおすすめします。〝静かの海〟リゾートタウンはどの家もオーシャンビュー。ドーム型透明屋根つきのメゾネットタイプがおすすめです」

　なんていう宣伝だ。でも月世界での生活は外は真空で音は伝わらないのだから確かに静かは静かだろうが静かすぎるような気がする。そして月に永住してもそれほどには面白くないように思う。

アポロで月に行った宇宙飛行士はみんな揃って地球は脆弱であまりにも美しかった、と絶賛した。「神の存在を確信した」とまでいう宇宙飛行士もいた。

そこでテレビのフレームの中に浮かぶ地球ではなく、広大無辺の漆黒の宇宙に浮かんで回転している本物の地球をみんな見たがった。でもあのとき宇宙飛行士はほんのわずかな時間しかそれを見る余裕がなかった。だからあんなに絶賛したのではないだろうか。

月の上に暮らすことになるとくる日もくる日もグルグル回っている地球を見ることができるが、逆にいえばそれだけだ。静かの海のオーシャンビューなんていったって水のない月の海には波も雲もないんだから。

あとは地球の六分の一の重力を楽しむくらいの異世界体験だが、リゾート地に移住した世界の老人たちは体力的にそうそう身軽に飛んだり跳ねたりはできない。まもなく退屈の極致に身悶えることだろう。

まあSFにあるように巨大なドームで囲われてヘルメットなどかぶらず自由に呼吸でき、地球のひとつの都市ぐらいの規模のあらゆる娯楽機能が揃っている「繁華街」ぐらいはあるだろうが、結局は巨大な閉鎖別荘地というようなものにすぎず、人類の月利用は、これもSFによくあるように「移住」よりも鉱物資源の探索と開発にむけられるのが本筋になるのだろう。そうなるとドームに囲われた娯楽の街は作られず、やはり月面生活は探検隊の耐乏生活とあまり変わらないことになる。そんな西部開拓史にあったようなフロンティア精神で物理的にも精神的にも不自由な狭い空間に開拓者が殺到するとも思えない。まあ、地球の開拓の歴史でいえば砂金がザクザク採れるとか毎日宝石が見つかる、などという目の前に大金持ちへの「夢」があるのなら話は別だけれど。

天蓋ネットの外殻世界

地球・赤道直下宇宙エレベーターだらけになってくると国際間の行き来は、赤道直下ラインであれば地表を列車で移動したり海面を船で移動したり空を飛行機で移動したりするよりも空気抵抗のない高度一〇万キロの宇宙エレベーター間を横移動したほうがずっと簡単で速く、移動コストもかからないようになる。

そのためにやがては赤道下の宇宙エレベーターは相互に横の軌道を作るようになる。もともと宇宙エレベーター構想には巨大な艦船型の海上基地を土台にしたものもあったから、地球はその上空一〇万キロぐらいのところにいつしか緻密な相互補完のネットを作っていることだろう。こういうネットができるとそこに人間の居住空間がどんどんできていくことになる。月よりも活発な宇宙天蓋都市の誕生だ。

天蓋ネットに住んでいる人は移動のときの上昇エレベーターはいらない。気持がいいし、普通に地球に住んでいる人々に対してなにか天使のような優越感にひたれるかもしれない。月に住むよりはよほど便利だし眺めがいい、などといって地球を捨ててこの地球上空一〇万キロのあたりを緻密に覆った天蓋ネットエリアに居住していく人々がどんどん増えていく可能性がある。

そこには地震はないし台風の心配もない。むしろ地球で台風が発生したときはみんなでそれを見物する楽しみがある。

「おっ今度の台風はでっかいぞ。大型で強い勢力をもった台風、と地球の電波が言っているぞ」

「いいね。どんどん大きくなってもっと暴れろ！」

地球を捨てた人々はきっとみんなでそう言って台風の到来を喜んでいる。賭好きな人々はきっとそのコースで賭をはじめる。台湾、韓国縦断コース。九州上陸コース。どこにも上陸せず消滅するケース。日本縦断をあてた人は十倍の賭率だ。

「やったあ！」

地球の本来の地表や海域はダン・シモンズの「ハイペリオン」シリーズに出てきた「オールドアース」的な存在となり、世界はこの保守的なオールドアースに住む人々と天蓋ネットに住む人々が次第に対立的になる。

物語はこれからはじまる

小説でいくならここでオールドアース対天蓋ネット人とのタタカイを描くことになる。天蓋ネットの住人は自分らを「天使」と呼び、オールドアースの旧地球人は「重力に這う人＝通称、這う人」と呼ばれる。戦闘の方法はいろいろ考えられる。「這う人」は、まずエレベーター軌道の基盤を破壊しようとするだろう。もっとも十基や二十基を破壊されたぐらいではネット住人はビクともしないだろうが、半分以上破壊されたらネットごと宇宙に飛ばされる危険がある。

しかし「這う人」の行動はネットの目からは逐一正確に把握されてしまうだろうからそう簡単には「這う人」の作戦は通じない。まあこんな設定で安物ＳＦはすぐに書けるような気がするが、結末はわからない。

これとは逆に天蓋ネットがもっと発展していく可能性がある。それはいま完成した地球から一〇万キロのネットの球《たま》（地球よりひとまわり大きな天蓋による球体）のさらに上に宇宙エレベーターを築いていく、という構想だ。もうあと一〇万キロ上にさらにひとまわり大きな天蓋ネットを作ってしまったから、月まであとわずか二〇万キロだ。

こうなったら未来の科学は必ずやるだろう。もうノウハウと技術は熟知している。一気にその二〇万キロの「かさあげ」をやってしまう。距離的についに地球は巨大に膨張して月を捕らえてしまうのだ。ブライアン・W・オールディスの『地球の長い午後』は巨大な一本の木（ベンガルボダイジュ）が月まで伸びてそこをツナワタリという巨大な生物エレベーターが上下しているという設定だった。オールディスのSFではその頃の月は力つきて自転をやめてしまっているから地球と月は一本の巨大な木によって一体化しているのである。

膨張した三階建ての地球の未来の巨大科学は、月を捕らえるためのテクノロジーを編み出さなければならない。「月の回転やめー！」だ。

方法はわからないが（ずるいなあ）とにかくなんらかの方法で月は地球と一体化し、遠くからみると、たとえば火星からみると、月と同化した地球は大きな網でくるまれた「ダルマ型惑星」に見えることだろう。そんなことをして何かいいことがあるのかどうかはわからないが未来SFのこういう流れはもうどうしようもない。

迷惑を被《こうむ》るのは三重の天蓋ネットに覆われて満足に太陽光線も入らず十五夜の月見もできなくなってしまった「オールドアース」の旧地球人だ。太陽光線の入らない地球の樹木や草は消滅し、循環しない水と空気は腐敗し陰生生物が沢山あらわれてくるだろう。環境状況的にいうと「地下地球」となるからだ。

そこを舞台にして近年の最高傑作『ペルディード・ストリート・ステーション』のような小説が書けないだろうか、と思うのだがまあこの空気頭には無理だろうなあ。

宇宙からおっこちるような帰還

美しすぎて弱々しい球

ある雑誌で映画評をやっているので、毎月締め切りが近くなると何本かの、未公開映画を見る。未公開といっても禁制の映画というわけじゃなくて、数カ月先に上映されるというわけね。そんなことといちいち断らなくてもわかっているか。

『ザ・ムーン』というドキュメンタリーがあって、アメリカの、NASAのアポロ計画（有人月着陸計画）をずっと追っている。

この映画を見て、ぼくの頭のなかで混乱していたこの長きにわたるミッションの流れと成果を、改めて正確に理解でき「すっきり」した気分になった。

アポロは全部で一七号までの打ち上げプログラムを持っていた。

一号は一九六七年で、これは打ち上げ訓練中に発射台の宇宙船内でおきた火災により三人の宇宙飛行士が殉職している。二号、三号のプログラムは欠番となり、同じ年にサターンV型ロケットを使って四号、翌年には、五号、六号を（無人で）打ち上げている。

一九六八年のアポロ七号にはじめて宇宙飛行士三名が乗り込み、十一日間の地球周回飛行を行っている。この七号までが、それまで行われていた地球周回軌道のミッション。

一九六八年のアポロ八号がはじめて地球周回軌道から離れて月の周回軌道に成功し、このときの宇宙飛行士が人類で初めて「宇宙に浮かぶ丸い地球」を見たのだった。

写真も公開された。宇宙船からの地球の写真はそれまで沢山見ているような記憶があったが、地球周回の宇宙船から見る地球は、地球からせいぜい二〇〇〜四〇〇キロ程度離れただけなので、まだ近すぎて常に地球の部分しか見えなかったのである。

アポロ八号の宇宙飛行士が宇宙に浮かぶ青い地球をこのときはじめて見て、それぞれ畏怖の念を抱いたということを何冊かの本で読んだ。

ある宇宙飛行士は、本当の「神」の存在を信じた、と述懐している。地球上におけるあらゆる神を全部統合してさらにそれを大きく包むような途方もなく巨大な神の存在、神の力を感じた、という。それは、我々が彼らの撮影してきた地球の写真やムービーでは絶対にわからない神秘的なまっさらの「地球の風景」を見ているからのようである。

このへん、読者は少し頭を空白にして雑多な感情を抑え、次のようなイメージに真剣に意識を集中していただきたい。実はぼくもそうやって必死に「それ」を理解したのだ。

我々の見ている地球の写真や美しく回転する地球の映っているムービーは、宇宙飛行士や自動カメラがとらえたものであるからすべて四角いフレームの中にある。フレームの中にある回転する地球と、宇宙からじかに見ている真っ黒な（宇宙船から見る宇宙空間はすべて漆黒という）際限のない真空の宇宙に浮かんでいる地球には、その存在感に大きなへだたりがある。地球のまわりは見渡すかぎり果てしない暗黒なのである。

「存在そのものがはかなげだった」とある宇宙飛行士は語っている。「美しすぎて弱々しい」と語る人もいた。「このような美しい星が存在していることの驚愕」と表現している宇宙飛行士もいる。実際に漆黒の宇宙空間に浮かんでいる地球を自分の目で見た者にしか得られない感覚なのだろうな、というのはわかる。

アポロ計画はそのあと続いて九号、一〇号が飛び、月着陸船によって月面一六キロのところまで接近し、着陸船と司令船とのドッキングなど基本的な月着陸のミッションを成功させた。そして一九六九年、アポロ一一号がついに月着陸を果たす。

このとき全世界にこのミッションが同時中継された。ぼくはこの夜をよく覚えている。モノクロの貧弱なテレビの前にしがみつくようにして長い長いアプローチとその感動的な目的達成の一部始終に熱中した。同時通訳者が絶えず「すべて順調」と高揚した声で言っているのが耳にしばらくこびりついていた。

月着陸船から細いハシゴで月にはじめて降り立ったニール・アームストロング船長が「これは人間には小さな一歩だが人類にとっては大きな飛躍だ」と語った有名な最初のひとことも記憶に鮮明だ。感動的な夜明けだった（中継放送は明け方まで続いたのだ）。

映画『ザ・ムーン』はここに到るまでの宇宙船内、月面、ケネディ宇宙センター（ロケット発射まで）、ジョンソン宇宙センター（ミッションのすべてを管理）などをカットバックの手法で臨場感溢れる映像によって構成している。

アポロ四号から使われるようになったサターンV型ロケットは全長一一〇メートル。直径一〇・一メートルあった。十二人の宇宙飛行士を打ち上げることができたという余裕のあるスケールだったが、しかしそれは乗り組み員にとっては同時に「ぶるぶる揺れる、何時爆発するかわからない一一〇メートルの先端」でもあった。実際打ち上げのときの宇宙飛行士の映像はとんでもなく揺れている。そのいかにも神経や体に悪そうな「振動」のあとに強烈な加重がくるのだから、宇宙飛行士という仕事は本当に大変だ、ということがよくわかる。

NASA陰謀説

月の周回軌道に入り、着陸船が月をめざすところは、地球と重力が違っているので、もう完全に別宇宙の移動物体、というふうに見える。着陸すると重い生命維持装置をつけた宇宙飛行士らが、月面をまるでアニメのようなコミカルな動きでぴょんぴょん飛ぶように動いていくのが奇妙な違和感があっておかしい。でもそれこそが地球の六分の一という重力による動きなのだということが視覚から実感できる。

アポロの月着陸ミッションはこの一一号の人類最初のドラマが巨大すぎて、そのあとの着陸探検の経緯がつい忘れられがちだが、そのあともアポロ一二号、一四号、一五号、一六号、一七号と続いて月着陸を成功させ、一九七二年のアポロ計画終了までに合計十二人の宇宙飛行士が月面着陸、探索を成功させている。この映画は四十年ものあいだジョンソン宇宙センターに冷却保存されていた未公開フィルムを基本に編集されているので「人類と月」の巨大な直接の接触がいかに劇的な要素に満ちていたのか改めて深く考えさせる内容になっている。

ちょっとおかしかったのは、終わりのほうで宇宙飛行士の一人が「いくつかのタブロイド紙が、これらの宇宙船による月着陸のミッションはすべてＮＡＳＡの謀略で、実際にはアポロは月に到達しておらず、あれらは地球のどこかで撮影されたものだ、とする記事を沢山出しているが、それならばなぜ我々はこうして何度も月着陸の嘘の映像を作る必要があるのだ」というようなことを語っていることだった。ぼくも「月面にたてられた星条旗が真空のはずなのに揺れていた、とか月面で動く二人の宇宙飛行士の影がそれぞれ反対方向に動いていた」などという数々の疑問を語る本を読み、ちょっとだけ「もしや」と思ったことがある。

でも二〇〇八年に日本の月周回衛星「かぐや」がアポロ一五号の噴射跡の撮影をしていてそれらの疑惑を払ったという。

離れていく月

地球のただひとつの衛星「月」は地球から（平均距離）三八・四万キロのところを回っている。そして今まで知らなかったのだが、月は一年に約三センチずつ地球を離れているのだという。三センチといっても十年で三〇センチだ。宇宙の時間尺度は簡単に一万年とか一億年ほどの単位になるから、そうなると遠ざかる月というのは問題だ。NASAは急ぐ必要があったのだ（いやこれは冗談ですからね）。

とにかく二十世紀にアポロはここを何度も往復したわけだが、この約三八万キロという距離をもう少し実感したい。

アポロは月まで三日かけて飛んでいる。飛行ルートはまず地球の周回軌道に入り、そこから月の公転速度を計算してもっとも効率的なタイミングで月への飛行に入る。スピードはこれらの状況に応じて違ってくるが、地球周回の速度は時速にして二万五〇〇〇キロ程度のはずである。乱暴ながらシロウト考えでハンマー投げを連想していいのではないだろうか。地球のまわりを二万五〇〇〇キロの速度でぐるぐる回ってイキオイをつけてエイヤッと月の方向にとばす。ただし標的は動いている。ハンマーのを回しているベースである地球のほうも動いている。かなり難しい精密投擲《とうてき》になるのは確かだろう。

ジュール・ヴェルヌの『月世界探検』は地球から大砲をぶっぱなすようにして月に人間を送った。これこそ砲丸投げ思考だ。

ぼくの持っているネナガラ本（寝る前にぼんやり眺めゆるやかに考えごとをするのに適した本）の古い一冊に『宇宙の征服』という大判の美しい画集がある。絵だけでなくどうしてそういう絵になるか、細かい専門的な解説があって奥が深い。アメリカのC・ボーンステルという画家とウィリー・レイという著名なサイエンスライターの共著である。昭和二十六年（一九五一年）白揚社発行。

まだ宇宙の写真がまったくない頃の本で、ここに描かれているのは灼熱の大地である水星から見たかなり大きな太陽や、土星の主な衛星でいちばん近いミマスから見た土星、最大の衛星チタンから見た土星、衛星エウロパから見た木星とその表面を通過する他の小さな衛星などが感動的に描かれている。

そうして時は流れ、二〇〇五年に美しい写真集『ビヨンド――惑星探査機が見た太陽系』（マイケル・ベンソン＝新潮社）が出た。ハッブル宇宙望遠鏡やボイジャー、マリナー、バイキングなどが撮影した驚異的に詳細な本物の木星や土星が映っている。

でもさらに驚くのは五十年近いむかしのC・ボーンステルの描いている絵とそれらは基本的にはあまり変わらない、ということであった。木星の表面近くを衛星イオとエウロパが通過していくボイジャー一号による美しい写真などは、ボーンステルの描いた別の絵「一番近い衛星から眺めた木星。四個の大衛星が通過していく。大赤点が見える」という構図と同じである。年代から考えてボーンステルはこの惑星探査機が撮った写真を見ることはできなかっただろうが、見ていたら感涙することだろう。

ただしボーンステルの描いた絵でひとつだけ現実と大きく違っていたのは月に着陸したロケットの形であった。空想画は流線型のペンシル型のロケットが月の大地に屹《きつ》立《りつ》している場面だが、NASAの本当の月着陸船は複雑な形をした大蜘蛛のようであった。宇宙の美しい夢、という意味では断然ペンシル型のロケットのほうが恰好いいが、実際に安定して着陸するための科学的形態はまたずいぶん違った形にしていったものだ。

まあペンシル型のロケットだと発進だけはともかく、垂直に倒れないように逆噴射して着陸していくのには地球の六分の一の重力の月とはいえいかにも難しそうだから、ボーンステルもこのへんは迷いながら描いていたのかもしれない。

直径一メートルの地球

ぼくの好きなネナガラ本のもう一冊に『地球がもし100cmの球だったら』（永井智哉＝世界文化社）がある。

子供向けの本で、地球の環境や、地球と宇宙を知るためにすべてのスケールを縮尺してわかりやすく考えられるようになっている。

これはぼくにも理解しやすく、寝られない夜更けなどにあちこちのページをひらいてはしばし物思いにふけったりしている。

もし地球が一〇〇センチだとしたら富士山は〇・三ミリしかない。世界一のエベレストも〇・七ミリである。ニキビのレベルだ。

空気の層は一ミリしかない。この本を見るまで地球をとりまく空気の層はもっと厚いような気がしていた。実際の一万メートルというとけっこう厚い層のように思っていたが、こうして縮尺して考えると、空気の層は地球の「皮膜」程度のものだったのである。だからジャンボなどが空気の薄い成層圏と宇宙空間ギリギリの境目を飛んでいるのを知ってもあらためて驚いたものだ。

そのくらい薄い、揚力がぎりぎり得られるところが燃料効率がいちばんいい、というのは聞いていたが、それを知ってむかし読んだSF『亜宇宙漂流』（トマス・ブロック＝文春文庫）もそんなに突飛なことではなかったのだ、と思った。

普通のジャンボ旅客機が成層圏からついうっかり宇宙空間に飛び出してしまい人工衛星状態になってしまう話だった。

一〇〇センチの地球ではスペースシャトルは一ミリの成層圏の上、わずか二～三センチのところを飛んでいる。これにも宇宙船というともっとはるかに高いところを飛んでいるもの、という思考なき錯覚があった。

月は三〇メートルほどの彼方を回っている。一〇〇センチの地球だと月はビーチボールぐらいの大きさになる。スペースシャトルの飛んでいる二～三センチの高さから考えると、さすがに月までは遠い。そしてそのくらい地球から離れないと、地球が暗黒の宇宙空間に浮かんでいる「天体」とは見えないのだろう、ということも理解できてくる。

この本はいろいろ面白く、一〇〇センチの地球の宇宙では太陽はちょうど東京ドームぐらいの大きさになり、それがある水道橋から計算して太陽系最大の惑星である木星は東海道線の平塚あたりを直径一一メートルの堂々たる大きさで回っている、というのがわかる。

数年前に太陽系惑星から準惑星としてはずされた冥王星は倉敷のあたりで直径二〇センチの小さな球で回っているのだ。ここで別の観点から感心することがある。それは、そのむかし太陽系惑星をあちこちで発見していた頃、地球という小さな自転、公転する球から同じように別々の軌道を別々のスピードで動いている倉敷あたりにいる小さな二〇センチほどの球を天体望遠鏡だけでよく探せたものだなあ、ということである。

ところでNASAはいったん収束した形になっている月への着陸と、それを足がかりにしての有人火星探査にいよいよとりかかるという。火星となると今のロケット工学では、ロケットのなかで片道二年は滞在していなければならない距離だ。いよいよそういう、これまでSFの宇宙ものでありふれて語られていた本格的な宇宙飛翔が実現性を帯びてきているわけだ。

そんな折りに読んだ『絶対帰還。』(クリス・ジョーンズ＝光文社)が面白かった。さっきの一〇〇センチの地球では三センチ(四〇〇キロ)のところを回っている国際宇宙ステーション(ISS)に関する話だ。

アメリカ、ロシア、カナダ、日本、欧州諸国、ブラジルの十六カ国が参加して二〇〇〇年から常時三人（現在は六人までOK）の宇宙飛行士がここに乗り込み、交代しながらさまざまな観測を行っている。その中にはNASAがきたるべき火星探査のための実験などももりこんでいる、という。

このISSにはNASAのスペースシャトルと、ロシアのソユーズが交代要員や補給物資などを送りこんでいて、だいたい六カ月ぐらいで乗組員は交代している。

ところがここに直接影響する事故がおきる。二〇〇三年に十六日間のミッションを終えたスペースシャトル「コロンビア」が大気圏内再突入の際に爆発して七人の宇宙飛行士が殉職する。その原因がはっきりつかめるまでNASAはスペースシャトルの運行を取り止める。スペースシャトルは同型のものがあと二機あった。

本当の宇宙漂流

これによって、当時ISSに乗り組んでいた三人の宇宙飛行士が地球に戻る明確な時期を失ったまま、高度四〇〇キロの宇宙を、実質的には漂流と同じような状態に追い詰められて周回することになったのである。

海しか見えない海洋の漂流と違って九十分で地球を一周する彼らは、ひっきりなしに帰るべき故郷を空中から見ながら、帰還のはっきりしない、何時どんなふうに大切な何が壊れ、あるいはなくなり、窮地に陥るかわからない空中回転をよぎなくさせられるのである。そういう境遇のなかでそれぞれ頑強なサバイバルが繰り広げられていく。その過程で、宇宙飛行士とはつくづく心身が強靭にできているタフな連中であることか、ということを教えられる。

また宇宙ステーションというわたしたちにとってはどこも具体的によくわからない精密な乗り物の中の「暮らしの智恵」のようなものを知らされていくのである。たとえば水の回収の顚末だけでも、地上の過酷な状態を簡単に凌駕《りょうが》した熾烈な内容で、読みながら思わず当事者でないことに感謝したりする。

例えばそれは先にも書いたようにウェットティシュからの水分、人間のだす汗や小便、大便からの蒸気といったものまできちんと回収し、飲み水などの生活用水に還元する、などという話である。そういうシステムはNASAよりもロシアのほうが断然優れている、ということも知った。

スペースシャトルと同じ役割をするロシアのソユーズの無骨ながら信頼感のおけるロケットの性能など、わたしたちのこれまでの宇宙開発競争の知らない部分がずいぶんあきらかにされていくのだ。

最後のほうで結局ロシアのソユーズで彼らを地球に戻すしかないということになる。ソユーズに乗れるのは二人である。ここでSF名作短篇の「冷たい方程式」そのものの展開になるのか、と読むものは焦るが、無骨なロシアの科学は最後まで無骨にこの三人を救うのである。

現代の科学の最先端にありながらこれだけいとも簡単に科学に裏切られてあっけなく彷徨《さまよ》う話もない、というようなスリリングな展開を描きながら、このノンフィクションはさわやかなカタルシスをもっていったんの結末を得る。

この本を読んで知ったのだが、宇宙ステーションまで行くのは二日かかるが、地球に帰るときは三時間程度であるということ。帰還というのは宇宙から「おっこちる」に等しいことなんだな、ということがわかった。

最後の生命をつなぐ落下のブレーキが古典的なパラシュートしかない、というのも気が抜けるような驚きだった。何かのトラブルでパラシュートが開かなかったら墜落して「おわり」なんてフザケてる——などとぼくは一人で憤慨していたのだった。

そんなふうに、SFの黄金のアイテムである宇宙テーマは現実のほうが案外面白いのだな、ということを楽しめる至福の一冊でもあった。

解説

齋藤海《かい》仁《じん》

本書を読んだ人の中には、全一九話の半分以上に出てくる「ナショナル ジオグラフィック」って何？ と思う人が少なからずいるに違いない。〇〇年△月号の特集「××」などとあるので、おそらく月刊誌とはわかっても、カタカナの名前とばらばらな内容からどんな雑誌なのか想像できないはず。そもそもこんなに長くてわかりにくい名前をつける意図からして謎《なぞ》だ。

そう思った読者は実に正しい。もちろん知っている人は知っているだろうけれど、こうした疑問こそ本書の出自なので、その舞台裏を解説すべく「ナショナル ジオグラフィック」にまつわるところから話を始めてみたい。

二〇一一年一月、十年ほどフリーランスのライターと編集者をしていたぼくは「ナショナル ジオグラフィック（以下ナショジオ）」を発行する小さな出版社に入社した。

配属先はウェブ編集部で、ホームページを通じてナショジオをより多くの人に知ってもらい、楽しんでもらう仕事だ。

ナショジオは一八八八年に米国で創刊された雑誌で、日本では主にその記事を翻訳した「ナショナル ジオグラフィック日本版」として一九九五年四月から毎月刊行されている。「ナショナル」は「国家の」で「ジオグラフィック」は「地理」だから、地理の雑誌？ といえばその通り。だが、今では宇宙から深海に至るまでだいぶ間口が広がっていて、さらには本書にあるように肥満、格闘技、空飛ぶヘビなども扱っている。つまり、なんだかよくわからない雑誌になっている。おかげで知らない人にどんな雑誌かを伝えるのが難しく、足掛かりをつかむことすら簡単ではない。

そんなナショジオをネットを通じて広く知ってもらうにはどうしたらいいのか。入社時から温めていたその秘策が椎名さんの連載だった。フリーランスの時代から編集者としてお付き合いをさせていただいたおかげで、椎名さんがむかしからナショジオを読んでいたのを知っていたし、何より椎名さんこそ日本で最も〝ナショナル ジオグラフィック的〟な作家だと思っていたからだ。

その理由として、まず椎名さんの冒険心・探検心と行動力が挙げられる。椎名さんは中央アジア探検家スウェン・ヘディンの『さまよえる湖』とジュール・ヴェルヌの

『十五少年漂流記』の影響を強く受けた行動派の作家として、北は北極圏から南はパタゴニアまで世界の辺境を縦横無尽に駆け巡ってきた。ぼくはこんな作家を他に知らない。おそらく今後も現れないのではないだろうか。

ヘディンの目的地だった楼蘭《ろうらん》を訪ねる本格的な日中共同楼蘭探検隊に参加したときの『シルクロード・楼蘭探検隊』をはじめ、北極圏の狩猟民族を追いかけた『極北の狩人《かりゅうど》』、オーストラリアの灼熱《しゃくねつ》砂漠を行く『熱風大陸―ダーウィンの海をめざして』、地球の裏側にある南米最南端のホーン岬から荒れ狂う海に挑んだ『パタゴニア　あるいは風とタンポポの物語り』などの冒険的な紀行は、自ら「作家的行動のかなりの部分が旅を経由してかたちづくられるようになっていった」（『十五少年漂流記』への旅―幻の島を探して―』新潮文庫）と書いているように、椎名誠という不世出の作家にとって重要な位置を占めている。大人気の「怪しい探検隊」シリーズもその流れの中にあると言えるだろう。

一方、ナショジオが創刊された一九世紀後半、北極点と南極点は人跡未踏の地であり、米国の地図にもまだ空白が多かった。「地理知識の向上と普及をめざして」いたナショジオにおいて、「好きで嫌いな地底世界」に出てくるグルジア（ジョージア）のクルーベラ洞窟探検のように、世界の冒険・探検、あるいは地誌的好奇心に基づく紀行は伝統のカテゴリーだ。

探検記から本の世界に魅了されていった椎名さんが博物学や科学に興味をもったのは当然だろう。大航海時代以降、冒険・探検は博物学と深く結びつき、科学（生物学）として発展した。椎名さんは書評でこれらのジャンルを取り上げることが多く、また博物学的な興味を軸にした著書には『シベリア追跡』『でか足国探検記』『蚊學《かがく》ノ書』（編著書）などがある。科学にいたっては日本SF大賞を受賞した『アド・バード』をはじめとするSFの手練《てだ》れであることは言うまでもない。

この科学もナショジオの大きなテーマだ。「毒話」に出てくるタランチュラや毒クラゲ、「噛《か》みつく奴《やつ》ら」の奇妙なヒヨケムシなどの多様な生きものの紹介は定番だし、医学や宇宙などの最先端分野の特集もよく組まれている。

また、椎名さんが写真家である点も大きかった。写真に対する鋭い視線は講談社出版文化賞写真賞の選考委員を長く務めてきたことからも明らかだ。

〝よくわからない雑誌〟のナショジオが一三〇年以上生きながらえてきたのはそれだけ売れてきたからだ。日本ではマイナーでも、各国版を含め世界で一〇〇〇万部を超えていた時期もある。さすがに今は減ったとはいえ、まだ八五〇万部ほど売れている。そのいちばんの原動力は実は写真だ。毎年開催されている世界最高峰の自然写真コンテストや世界報道写真コンテストでは、ナショジオに掲載された写真がほぼ毎回入選している。米国ナショジオのインスタグラムのフォロワーは二億人を超えており、米国でナショジオと聞けばまず写真を思い浮かべる人がほとんどだ。そんなナショジオの写真について、椎名さんならいつも的確な、でもときに意外な一枚を見つけてくれるだろうと期待が膨らんだ。

というわけで、一五年分以上あった日本版の記事と絡《から》むエッセイ「椎名誠の奇鬼驚嘆痛快話」は始まった。その十一話分と、「SFマガジン」に連載された七話、そして書き下ろしの一話をまとめたのが本書だ。

ナショジオの版元から本書を企画した際に、最初にぼくがつけたタイトルは「肥満という名の快楽」だった。ネットの住人の悪い癖で、単純にその回がウェブでよく読まれたからだった。だが、椎名さんの鶴《つる》の一声で『すばらしい黄金の暗闇世界』に決定した（文庫版は『すばらしい暗闇世界』）。このタイトルを聞いたとき、未知の世界の魅力を表現する椎名さんの言葉のセンスに感服しつつ、ぼくは黄色と黒を基調とするナショジオの表紙を思い浮かべた。文庫化にあたりもう一度本書を読んでみたけれど、ナショジオというクセの強いスパイスを自由自在に使いこなして、こんなに多彩なごちそうを作れる作家は椎名さん以外にはありえないとあらためて痛感した。

なお、連載に先だって公開した椎名さんのインタビュー記事「旅と探検とフロンティア・スピリット」と連載「椎名誠の奇鬼驚嘆痛快話」はいまもナショジオのサイトに掲載されています。椎名さんが本書で紹介しているナショジオの主な写真も見られます。また、ナショジオの歴史についてぼくが書いた「そうだったのか！『ナショナル ジオグラフィック』」という記事もあるので、もしご興味があればあわせて読んでいただけたら幸いです。

（二〇二二年十一月、ナショナル ジオグラフィック日本版サイト 副編集長）

この作品は二〇一六年六月、日経ナショナル ジオグラフィック社より刊行された『すばらしい黄金の暗闇世界』を改題し加筆修正したものである。

ヘミングウェイ
高見浩訳

武器よさらば

熾烈をきわめる戦場。そこに芽生え、激しく燃える恋。そして、待ちかまえる悲劇。愚劣な現実に翻弄される男女を描く畢生の名編。

D・デフォー
鈴木恵訳

ロビンソン・クルーソー

無人島に28年。孤独でも失敗しても、決してめげない男ロビンソン。世界中の読者に勇気を与えてきた冒険文学の金字塔。待望の新訳。

S・シン
E・エルンスト
青木薫訳

代替医療解剖

鍼、カイロ、ホメオパシー等に医学的効果はあるのか？　二〇〇〇年代以降、科学的検証が進む代替医療の真実をドラマチックに描く。

サン＝テグジュペリ
河野万里子訳

星の王子さま

世界中の言葉に訳され、子どもから大人まで広く読みつがれてきた宝石のような物語。今までで最も愛らしい王子さまを甦らせた新訳。

R・カーソン
上遠恵子訳

センス・オブ・ワンダー

地球の声に耳を澄まそう——。永遠の子どもたちに贈る名著。福岡伸一、若松英輔、大隅典子、角野栄子各氏の解説を収録した決定版。

I・アシモフ
星新一編訳

アシモフの雑学コレクション

地球のことから、動物、歴史、文学、人の死に様まで、アシモフと星新一が厳選して、驚きの世界にあなたを誘う不思議な事実の数々。

すばらしい暗闇《くらやみ》世《せ》界《かい》

新潮文庫　し－25－43

令和五年一月一日発行

著者　椎《しい》名《な》誠《まこと》

発行者　佐藤隆信

発行所　株式会社 新潮社

郵便番号 一六二―八七一一
東京都新宿区矢来町七一
電話 編集部(〇三)三二六六―五四四〇
読者係(〇三)三二六六―五一一一
https://www.shinchosha.co.jp

価格はカバーに表示してあります。

乱丁・落丁本は、ご面倒ですが小社読者係宛ご送付ください。送料小社負担にてお取替えいたします。

印刷・錦明印刷株式会社　製本・錦明印刷株式会社

ISBN978-4-10-144843-5 C0195